ELFI URAGG

Wenn das Meer zum Verräter wird

ELFI URAGG

Wenn das Meer
zum Verräter wird

Roman

Bibliografische Information der Deutschen Nationalbibliothek: Die Deutsche Nationalbibliothek verzeichnet diese Publikation in der Deutschen Nationalbibliografie; detaillierte bibliografische Daten sind im Internet über http://dnb.dnb.de abrufbar.

© 2025 Elfi Uragg
meer.eu@gmx.at
Verlag: BoD · Books on Demand GmbH, Überseering 33, 22297 Hamburg, bod@bod.de

Autorenfoto: Klaus Dieter Mulley
Coverfoto: Stockfoto (Ausschnitt)
Covergestaltung und Layout: Elfi Uragg
Foto Seite 5: Elfi Uragg (Zingst an der Ostsee)
Druck: Libri Plureos GmbH, Friedensallee 273, 22763 Hamburg

ISBN: 978-3-8192-2663-2

And there's nothing more beautiful than the way the ocean refuses to stop kissing the shoreline, no matter how many times it's sent away.
Sarah Kay

(Es gibt nichts Schöneres als die Art und Weise, wie der Ozean sich weigert, mit dem Küssen der Küste aufzuhören, egal wie oft er weggeschickt wurde.)

Für Oliver

1

1978 - Irgendwo am Mittelmeer

Taubenblau, mit sprinkelnden Luftblasen weiß bekrönt, rieselten die Wellen heran, zischten über die kleine Gruppe zerklüfteter Felsen, in denen sich spätnachmittags Krabben in der Sonne tummelten und die den Kindern beim Schnorcheln allerlei Schätze des Meeres offenbarten, - bis sie die niedrige weiße Ufermauer berührten.

Nicht einmal fünfzig Zentimeter von der Mauer entfernt, die sich am Strand in eine plane Fläche aus weißem Kies verwandelte, beobachtete sie das ewige Spiel von Ebbe und Flut, das immer gleich und doch immer wieder anders erschien.

Der Strand war noch fast leer. Nur auf der einen Seite lümmelte ein Mann in seinem Liegestuhl, die Beine weit vorgestreckt und das Gesicht hinter einer großformatigen Zeitung verborgen.

Drüben, auf der anderen Seite des Strandes, nahe den Steinstufen, die ins Meer führten, und etwas weiter hinten saß ein älteres Paar in seinen Liegestühlen, das vor sich hindöste. Sich ein Stück der nächtlichen Träume zurückholen wollte? Die armeegrüne Kappe war ihm teilweise ins Gesicht gerutscht, sie hüllte ihren Körper in ein Badehandtuch ein, das sie bis zum Hals heraufgezogen hatte. Jeder verschloss seinen Blick vor den rasch wechselnden Farben zwischen Himmel und Meer.

Ozeanblau wirkte das Wasser am späteren Vormittag, über dem sich der azurblaue Himmel mit da und dort wie zufällig hingetupften Wattewölkchen spannte. Himmel und Wasser verschmolzen am Horizont, und würde nicht ab und zu der Mast eines Segelschiffs auftauchen, wüsste man auf seinem Liegestuhl nicht, wo das Meer endete und wo der Himmel begann. Dem Schwimmer zeigte sich überhaupt nur die Spitze des Masts, vor ihm wölbte sich das Wasser. Erst wenn er die Uferböschung erklomm, offenbarte sich ihm ein Stück des Schiffsrumpfes. Ein Zeichen, dass die Erde eine Kugel war?

Sie blickte auf das glitzernde Wasser. Ein Ausspruch *Heinrich Heines* fiel ihr ein: „Ich liebe das Meer wie meine Seele ..." Der deutsche Dichter besang in seinen Versen die Nordsee.

Weit draußen, hinter der durch kleine Bojen gekennzeichneten Absperrung erkannte sie einen einsamen Schwimmer. Immer wieder verschwand er aus ihrem Blickfeld. Dann tauchte sein Kopf erneut auf. Anna fixierte den dunklen Punkt am Wasser, der sich jetzt dem Strand näherte. Jonas schwamm wie ein Delfin. Verschwand unter der Wasseroberfläche, um dann kurzzeitig Kopf und Oberkörper zum Luftholen aus dem Wasser zu heben.

Anna schwang ihre Beine aus der Liege und machte zwei Schritte bis zur Ufermauer. Dort setzte sie sich nieder und ließ ihre Beine ins Wasser baumeln, das sie gerade mit den Zehenspitzen berührte.

Er schwamm auf sie zu. Noch bevor er die Felsen erreichte, rief er:

„Anna, komm rein!"

Sie lächelte und schaute auf seine klatschnass geglätteten, jetzt dunklen Haare, die den blonden

Wuschelkopf kaum erahnen ließen. Erst später, wenn er mit ihr zur Eisbar ging, würde sich seine Pracht neu entfalten.

Jonas versuchte ihren Fuß zu ergreifen, um sie ins Wasser zu ziehen. Sie begann wild zu strampeln, atmete heftig und spritzte ihm das Wasser ins Gesicht. Das Lächeln war aus ihrem Gesicht verschwunden. Und erst, als sie ihre Füße aus seinem Griff befreit und an Land gezogen hatte, bemühte sie sich abermals darum, eines aufzusetzen wie einen Sonnenhut, den der Wind jeden Augenblick davonträgt. Verwirrt starrte Jonas ihr ins Gesicht.

„Es ist herrlich! Schon richtig warm."

Anna, deren Gesicht seine frische Farbe verloren hatte, beschwichtigte ihn:

„Später!", huschte es kaum hörbar über ihre Lippen.

Enttäuscht drehte sich Jonas um und schwamm wieder hinaus.

Anna setzte sich auf ihr Liegebett, tastete ins Haar und löste den Haargummi aus ihren zusammengebundenen Haaren, da der Zopf beim Liegen plattgedrückt und zu tief gerutscht war. Sie kämmte mit fünf Fingern durch ihr mahagonibraunes langes Haar und befestigte schließlich den wippenden Pferdeschwanz hoch oben am

Hinterkopf. Sie streckte sich bäuchlings auf der Liege aus und spähte auf das heranschwappende Wasser vor sich. Es sah so harmlos aus und doch konnte es zu einem Ungeheuer anwachsen, das alles um sich herum erbarmungslos verschlang.

Ihr Blick fiel auf die Schwimmer und die Tretboote, die lustig im Wasser schaukelten, zurrte sich aber auf den einen Kopf weit draußen fest, der kurzzeitig in den Tiefen der dunklen Fluten verschwand, um dann nach oben stoßend wieder aufzutauchen: Jonas.

Wie gerne würde sie sich auch so unbeschwert im Wasser bewegen wie er. Aber das Meer war unberechenbar und heimtückisch. Sie musste nur kurz die Augen schließen und schon schlugen die Wellen über ihr zusammen und drückten sie in die Tiefe. So wie damals.

In Panik riss sie die Augen weit auf. Alles war so friedlich in der Bucht. Die Wellen kräuselten sich, wenn sie auf die Felsen trafen, als sei alles nur ein Spiel. Jonas hielt in kräftigen Schwimmzügen auf die Küste zu. Kein Ungeheuer weit und breit.

Zwei Möwen flatterten heran und landeten vor ihrer Liege. Sie schienen zu streiten. Die braungescheckte der beiden, offensichtlich das Küken, pickte immer wieder auf den gelben Schnabel der älteren. Diese aber wandte sich ab. Die junge Möwe mit dem schwarzen Schnabel lief ihr nach und schrie jämmerlich, pfiff in einem schrillen Ton. Sie bettelte um Futter. Ihre Mutter war wohl der Ansicht, dass sie lernen musste, sich selbst zu versorgen.

Anna sah Jonas auf sich zuschwimmen und ihr wurde warm ums Herz.

Sie hatte sich gleich im ersten Studienjahr in ihn verliebt, den umsichtigen Mathematik-Studenten, der ihr einmal wöchentlich die Tür zum Hörsaal der Pädagogik-Vorlesung an der Karl-Franzens-Universität aufhielt.

Während die anderen Studenten drängend hereinströmten, wartete er geduldig, bis sie den Eingang passierte. Sie mochte diese Höflichkeit, sie erinnerte sie an ihren Vater, obwohl andere Studien-Kollegen dieses Verhalten antiquiert fanden, ja, es sogar als Anachronismus bezeichneten und sie damit neckten. Drei Jahre waren sie nun zusammen, drei Jahre puren Glücks, in denen fast immer Harmonie herrschte. Gitti, ihre neue Freundin aus Graz meinte zwar, Harmonie und Glück könne man überhaupt erst empfinden, wenn man sich immer wieder heftig streite, erst dann wisse man, was Harmonie sei, aber Anna wusste es auch ohne Streitereien. Schließlich hatte sie miterlebt, wie die Beziehung ihrer Eltern gescheitert war.

Als Sprachstudentin war sie prädestiniert fürs Reisen – andere Länder, Kulturen und Menschen zu treffen, die anders dachten und unbewusst ihren Horizont erweiterten, auch wenn sie sich das Geld dafür wochenends als Aushilfe in einer Konditorei verdienen musste. Das weiße gestärkte Häubchen bändigte ihr langes Haar und die kurze Schürze, ebenfalls in Weiß, über dem schwarzen Kleid betonte ihre schlanke Taille. Ein ums andere Mal musste sie einem männlichen Kunden erklären, dass sie nicht mit ihm essen und auch nicht mit ihm ins Kino gehen würde.

Sie waren das erste Mal miteinander am Meer und sie bemühte sich ständig darum, die Vergangenheit auszublenden.

Bis zu ihrem neunten Lebensjahr hatte sie jeden Sommer mit ihrer Familie bei ihrer Großmutter am Meer verbracht. Das kleine Haus im Schärengarten von Stockholm hatte ihr Großvater Sven Sörensen für Oma gebaut, die nach ihrer langen Flucht aus Ostpreußen und einem jahrelangen Aufenthalt in einem Flüchtlingsheim, nachdem ihre Schwester auf der Flucht verhungert war, bei ihm in Südschweden ein neues Zuhause gefunden hatte. Das neutrale Schweden hatte gegen Ende des Zweiten Weltkriegs viele Flüchtlinge aus dem Osten aufgenommen sowie auch Omas großen Bruder Arthur, der sich nach dem Tod der Mutter mit sechzehn Jahren ganz allein bis Göteborg durchgeschlagen hatte, um dem Militärdienst und somit dem finalen Einsatz an der Front zu entgehen, zu einem Zeitpunkt, als der Krieg schon als verloren galt.

Zwischen dem Haus und dem Meer lag nur ein kleines Wäldchen, ein Band aus Kiefern und Birken, deren Blätter frühmorgens silbrig glänzten. Zwischen den Bäumen leuchtete schon das Meer, dessen Ufer sich im Sommer aus gelb-, grün- und lilabewachsenen Felsen und Sand zusammensetzte.

Wenn sie als Kinder auf dem Wiesenstreifen vor dem Haus Ball spielten, entwischte er ihnen immer wieder, kullerte durch das Wäldchen hinunter, sprang kreuz und quer über Wurzeln, bis er schließlich einen Felsen als Absprung-Rampe nutzte und sich ins Meer katapultierte. Sofort liefen ihre Brüder los, um den Fliehenden einzufangen, indem sich die beiden kopfüber ins Wasser stürzten. Jedes Mal war es ein Wettschwimmen, wer den Ball als Erster erhaschte. Nur einmal hatte ihn die Strömung zu weit hinausgetragen und er war für sie verloren. Vielleicht durfte sich ein anderes Kind auf einer anderen Insel im Schärengarten freuen, wenn er an Land getrieben wurde.

Die kleine Gruppe Felsen vor ihren Augen umspülte jetzt das Wasser. Bald glitten die Wellen über sie hinweg.

Unbewusst zog sie immer mehr Fäden aus dem Knäuel ihrer Erinnerungen.

Auch damals war es die plötzlich hereinbrechende Flut gewesen, die sie zwang, ihre Hand gewaltsam aus der kleineren zu lösen, um selbst nach Luft zu schnappen.

Wieder stieg Panik in ihr auf, die sie umklammert hielt wie ein zu enges Korsett, das ihr die Luft abschnürte. Vor ihren Augen blitzte es und quälende Bilder stürzten auf sie zu wie ein reißender Strom, den der Sturm über die Ufer peitschte. Tränen fluteten ihre Augen. Und wieder spürte sie die alles verschlingende Verzweiflung in sich aufsteigen, die jede Lebendigkeit in ihr erstickte.

Abermals taucht sie hinunter, greift nach der verzweifelt entgegengestreckten Hand. Sie hat kaum noch Luft, erhascht einzelne Finger, die ihr sofort wieder entgleiten. Sie muss hinauf, ihre Lungen mit Luft vollpumpen. In Panik stößt sie wieder hinab, kann die Hand nicht mehr finden, sieht tief

unter sich einen dunklen Kopf und einen zusam-
mengekrümmten Körper, die Arme hängen schlaff
an seinen Seiten herab. Sie will tiefer, hat aber
keine Atemluft mehr. Wieder taucht sie kurz auf,
um sich neuerlich hinabzustürzen. Sie kommt nicht
tief genug hinunter. Sie ist noch ein Kind. Gerade
neun Jahre alt. Mit den Worten der Mutter im Ohr
„Pass auf sie auf!" läuft sie über den Sand, unge-
achtet der zerbrochenen Muschelschalen, die sich
in ihre Zehen bohren, dann das kurze Stück durch
den Wald zum Haus ...

Als Jonas die Ufermauer erklomm, hörte er sie stoßweise atmen. Ihr starrer Blick aufs Wasser irritierte ihn dermaßen, dass er mit beiden Händen ihre Schultern fasste und sie schüttelte. Dabei fielen aus seinen Haaren Wassertropfen auf ihren Körper. Sie zuckte zusammen, doch da bekam ihr Gesicht wieder Farbe. Ein langgezogenes, fremdartiges Stöhnen drang tief aus ihrer Kehle, bevor Anna sagte:

„Da bist du ja wieder!"

Ein Seufzer der Erleichterung entströmte nun ihren Lippen und sie beugte sich vor. Beruhigt küsste Jonas sie.

„Wie habe ich doch meinen lächelnden Delfin vermisst!", konnte sie sich mühsam abringen.

Sie streckte mit diesen Worten einen Arm nach ihm aus und fuhr ihm sanft über die Schulter.

„Ich habe dich plötzlich nicht mehr gesehen. Ich hatte Angst ..."

„Aber geh, du weißt doch, dass ich manchmal eine Strecke unter Wasser schwimme. Die vielen Fische ..."

„Und mein Delfin", entschlüpfte ihr zwinkernd.

2

Der Klippenpfad

Sie verließen die Felsen, die die kleine Bucht begrenzten, und gelangten auf den Klippenpfad. Rechts von ihnen beugten sich riesige safrangelbe Ginsterbüsche über den schmalen Weg. Der Duft von wildem Rosmarin und Thymian stieg ihnen in die Nase und signalisierte ihnen, wie hungrig sie schon waren.

Links von ihnen, wo die Klippen schroff nach unten zeigten, schaukelte tiefblau das Meer. Die Sonne stand schon schräg, als sie das kleine Lokal, das versteckt zwischen Felsen und Büschen hockte, erreichten.

Der breite Holztisch aus Kieferplanken, schräg zu den kahlen Klippen und zum Wasser aufgestellt, schien auf sie zu warten. Hinter ihnen summte es in den rosa- und weißblühenden Oleandersträuchern, vor ihnen schien sich ein hoher Mirabellenbaum zu verneigen. Er streckte einige Äste wie einen Baldachin über den Tisch und Anna brauchte wie im Schlaraffenland nur die Hand auszustrecken, um von den goldgelben Früchten zu naschen. Sie waren zwar noch nicht reif, schmeckten sauer – nur deshalb waren noch so viele am Baum – aber Anna liebte halbreife Früchte.

Die gegrillten Tintenfische und der Wolfsbarsch verwöhnten ihren Gaumen. Jonas hatte einen Arm um Annas Schultern gelegt. Während eine leichte Brise das Meer in Bewegung versetzte, beobachteten sie bei einem Glas spritzigen Wein, wie die Sonne allmählich tiefer sank.

Eine freche Möwe machte sich über die Reste ihres Weißbrots im Brotkorb her, indessen sie verträumt mit den Augen die tiefergehende Sonne verfolgten. Als Jonas die Möwe verscheuchen wollte, schnappte sie mit ihrem leicht gekrümmten Schnabel blitzschnell eine ganze Scheibe Brot aus dem Korb und suchte siegessicher das Weite. Na sowas! Überrascht und bereits beim zweiten Glas Wein – oder war es das dritte? – amüsierten sie sich über die Hartnäckigkeit des Vogels und seinen Mut. In diesem Augenblick war die Sonne verschwunden. Ein goldgelber Streifen vom Horizont senkrecht über das Wasser laufend bewies, dass sie dagewesen war.

Der Himmel färbte sich allmählich orangerot am Horizont und Anna und Jonas machten sich auf den Heimweg, nachdem sie bezahlt hatten.

Als Anna sich noch einmal umwandte, um sich zu vergewissern, dass sie nichts zurückgelassen hatten, streifte ihr Blick verdutzt die Weinflasche, die auf ihrem Tisch zwischen den leeren Tellern emporragte; sie schien leer zu sein ...

Auf dem Rückweg schlängelte sich der Pfad mit einem Mal viel stärker, drehte sich um die eigene Achse, schien zu eng für zwei Personen, verknotete sich so wie das Paar, das sich an den Händen hielt, seine Finger ineinander verknotete.

Der Himmel verdunkelte sich nach und nach, nur am Horizont flammte er noch glutrot. Möwen kreischten und flogen in Scharen über ihre Köpfe hinweg aufs Meer. Einen Augenblick entstand vor ihren Augen die beängstigende Szene aus dem Film *Die Vögel* nach dem Thriller von *Alfred Hitchcock*, doch sogleich war der Spuk wieder vorbei.

Sie lachten ununterbrochen, bis Jonas plötzlich Hannas Hand losließ, sich schwungvoll seiner Kleidung entledigte und ins lockende Wasser sprang. Anna schrie entsetzt auf, doch ehe sie sich weiter aufregen konnte, war sein Kopf wieder aufgetaucht. Als Jonas Annas Schrecken wahrnahm, kletterte er behände wie eine Gämse wieder über die Klippen hoch, umarmte Anna und küsste sie mitten auf den Mund.

„Diese Abkühlung habe ich jetzt gebraucht", sagte er lächelnd und zog sich wieder an. Anna, deren dünne Bluse nun durchnässt war, so dass sich die Konturen ihrer kleinen festen Brüste mit den dunklen Brustwarzen darunter abzeichneten, spielte mit.

„Ein tolles Gefühl sich abzukühlen", zwinkerte sie Jonas zu, „beziehungsweise abgekühlt zu werden."

Jonas war froh, dass er sich die kurze Hose schon übergestreift hatte, denn ihm wurde aufs Neue bewusst, wie bezaubernd sie war, wie unschuldig verführerisch sie wirkte. Anna, verunsichert, die seine Blicke nicht zu deuten wusste, lief davon, schob Ginsterbüsche beiseite, drehte sich mit flatternden Haaren am Ende des Pfades noch einmal um, rief „Gleich sind wir zu Hause!" und kletterte auf die Felsen, die sie zu ihrem Zelt führten.

Das olivgrüne Zelt hockte etwas schief zwischen zwei hohen Bäumen, fast direkt am Wasser, so dass sie die morgendliche Dusche bereits im Meer nehmen konnten. Es war hier nur knietief. Jonas hatte ihre Behausung aus imprägniertem Leinen im Handumdrehen allein aufgebaut; dem Bundesheer sei Dank.

Unter dem Zeltboden verliefen zwei knorrige Wurzeln, aber es gelang ihnen, Schlafsäcke und Kissen so auszurichten, dass sie beim Liegen nicht beeinträchtigt wurden. Meistens benötigten sie jedoch gemeinsam ohnehin nur einen Schlafsack, dessen Reißverschluss an einer Seite offenblieb.

Früher hatte Anna ihre Mutter um ihr Aussehen beneidet. Annika Sörensen war eine richtige Schwedin. Blond, mit langen Beinen, schlank, aber mit großen Brüsten. Noch als junge Frau trug sie zwei dicke Zöpfe. Aber in der Schule in Stockholm erkannte Anna, dass es hier die Ausnahme war, wenn ein Mädchen klein und zierlich und eher dunkel war, dunkles Haar und braune Augen hatte. Also hatte sie sich mit ihrem Aussehen versöhnt, auch wenn ihre Brüder blond und blauäugig waren.

Nachts wachten sie auf, um einem menschlichen Bedürfnis nachzugehen. Sie öffneten leise den Reißverschluss am Zelteingang und liefen splitternackt hinaus. Es hatte kaum abgekühlt. Mond war keiner zu sehen, aber der Nachthimmel war über und über von funkelnden Sternen übersät. Händehaltend setzten sie sich auf die vom Wasser abgerundeten, glatten Steine im Meer, das leise gegen ihre Schienbeine schwappte. Sie waren ganz allein, wagten nur zu flüstern.

„Ist das hier schön!", hauchte Anna.

Die beiden Bäume, die ihr Zelt bewachten und tagsüber unentwegt strammstanden wie riesige

Zinnsoldaten, warfen gewaltige schwarze Schatten aufs dunkle Wasser, was unheimlich wirkte, wenn sie sich im Wind bewegten.

„Huch, schau, wie schwarz das Meer hier ist, wie eine dunkle Schlucht, obwohl es doch so seicht ist."

Jonas umarmte sie. Er wollte nicht zulassen, dass sie sich abermals ängstigte.

Als sie sich zurücklehnten, entdeckten sie hinter dichtbewachsenen Zweigen eine schmale Mondsichel. Die Luft war noch erfüllt von der Wärme des Tages, die Insekten schienen sich zurückgezogen zu haben. Sie rutschten tiefer ins Wasser hinein, so dass nur mehr ihre Köpfe auf dem trockenen Waldboden des Ufers lagen, und wenn sie nicht plötzlich der Ruf eines Nachtvogels aufgeschreckt hätte, wären sie eingeschlafen. Sie wussten nicht, wie viel Zeit vergangen war. Schlaftrunken erhoben sie sich und schlichen zu ihrem Zelt zurück, neben dem auf einem Ast ihre Handtücher zum Trocknen hingen. Gähnend rieben sie sich gegenseitig trocken und beeilten sich, noch ein paar Stunden zu schlafen, bevor bei Tagesanbruch das allmorgendliche Treiben auf dem Campingplatz mit seiner Geräuschkulisse anhob. Aber in so einer romantischen Sternennacht Schlaf zu finden, fiel ihnen schwer. Ihre Körper so nah, hatten sie sich viel zu erzählen, auch wenn die Sprache der Liebe sie verstummen und nur ihre Körper sprechen ließ.

Als Anna morgens erwachte, streckte sie sich und bohrte dabei ihre Fingerspitzen in die rückwärtige Zeltwand. Das robuste wasserfeste Leinen war sonnengewärmt, also musste es bereits später Vormittag sein.

Nun öffnete sie endlich ihre Augen, blinzelte und bemerkte, dass Jonas schon ausgeflogen war. Oder sollte sie besser sagen davongeschwommen? Eine Weile lockte sie das Wortspiel auf fremde Pfade. Schließlich setzte sie sich auf, tastete an die Stelle, wo Jonas gelegen hatte, und suchte nach Spuren seiner Körperwärme. Aber sein Lager war abgekühlt. Ob er schon länger fort war? Sie hatte keine Uhr, da sie bei ihrer Ankunft alle Wertsachen an der Rezeption des Campingplatzes abgegeben hatten. Wie spät es wohl sein mochte?

Gerade als sie den Reißverschluss des Eingangs aufziehen wollte, raschelte es vor dem Zelt und die Tür wurde von außen aufgezogen. Jonas stand davor, in einer Hand Schnorchel und Taucherbrille, in der anderen eine Papiertüte, aus der frische Croissants hervorlugten.

„Anna!", sagte er zärtlich und starrte ohne es zu wollen irritiert auf ihre nackten Brüste.

„Ich habe Frühstück mitgebracht."

„Oh!", entfuhr es Anna, sobald ihr bewusstwurde, dass sie mitten im Anziehen war und erst rasch in ihr Bikinihöschen geschlüpft war.

„Einen Moment, bin gleich fertig!"

Sie drehte sich um, verschwand im Halbdunkel ihrer Behausung und hatte sich flink fertig angezogen, im Bikini-Oberteil ihre Brüste kaserniert. Dabei fielen ihr die Worte ihrer Mutter ein, dass sie selbst und ihre Freundinnen früher, als sie jung waren, immer oben ohne in den Schären gebadet hatten.

„Fein! Du bist ein Schatz! Ich habe nämlich schon einen Bärenhunger!"

Jonas gestand:

„Hatte ich auch, weißt du! Habe das erste Croissant schon auf dem Weg hierher verzehrt." Er lächelte:

„Die Möwen freuen sich sicher über die Spuren, die ich hierher gelegt habe, so wie die Vögel im Wald in *Hänsel und Gretel*."

„Im alten deutschen Volksmärchen", fügte Anna hinzu, um ihm zu zeigen, dass sie Bescheid wusste, obwohl sie in Schweden aufgewachsen war.

Dafür hatte ihr Vater gesorgt, bei dem sie seit Studienbeginn auch wohnte. Vor allem seit sie Jonas kannte, war Graz ihr eine zweite Heimat geworden.

Sie liefen zu den großen, vom stetigen Rhythmus der Wellen abgeschliffenen runden Steinen, wo der Waldrand zum Meer hin abfiel, und ließen sich auf dem vertrauten Platz nieder. Jetzt, um halb zehn Uhr morgens, benetzte das Wasser kaum ihre Knöchel, es war Ebbe. Doch sogleich sprang Jonas wieder auf.

Er zog vom Automaten neben den Waschräumen schnell zwei Becher Milchkaffee, und das Frühstück war fertig.

„In der Nacht war es hier wie im Märchen", sagte Jonas mit vollem Mund.

„Ja, vor allem nach der ganzen Flasche Wein, fügte Anna mit rotem Kopf hinzu.

„Eine ganze Flasche? Das kann nicht sein. Vielleicht zwei Gläser!"

„Ich habe sie gesehen!"

„Gesehen?"

„Ja, ich habe doch noch einmal überprüft, ob wir wohl nichts vergessen haben", insistierte sie, desillusionierend.

„Es war ein wunderschöner Abend und eine magische Nacht."

Bei diesen Worten zog er sie an den Haarspitzen ihres Pferdeschwanzes. „Das musst du doch zugeben!"

„Ja!", wisperte sie verlegen und schaffte es nicht, ihm in die Augen zu schauen. Dafür griff sie nach seiner linken Hand, die er auf dem Stein abgelegt hatte.

Jonas drückte ihre Finger zärtlich.

„Weißt du was", schlug er nach dem Frühstück vor, „wir gehen gleich hinüber zum Strand, solange es noch nicht so heiß ist."

„Aber ich muss doch erst aufräumen!"

„Was willst du denn aufräumen?", lachte Jonas.

„Na, unser Zelt. Ich möchte Ordnung machen, damit wir uns nachher auch wieder wohlfühlen."

„Ordnung machen", wiederholte er sprachlos, „in dem kleinen Zelt?"

„Ich möchte unsere T-Shirts einrollen und so an den Ausbuchtungen durch die Wurzeln im Zeltboden anlegen, dass wir eine ebene Fläche haben und problemlos schlafen können."

„Hast du denn nicht gut geschlafen?"

„Na, so viel bin ich heute Nacht nicht zum Schlafen gekommen!", rutschte es über ihre Lippen. Dabei senkte sie die Augen und kaute an ihrer Verlegenheit.

„Anna!"

Jonas beugte sich über sie und küsste sanft ihr Gesicht, streichelte ihr übers Haar.

„Na gut, dann mach' ich mich mal auf. Und du kommst nach!"

„Ja, später!"

Bevor er aufbrach, mit Handtuch, Schnorchel und Taucherbrille, fiel ihr Blick auf den Gummizug seiner Badehose. Sie strich ihm über den Arm und zog den Gummibund wie zufällig ein Stück nach vor. *Zum Glück kein Band, das man verknoten konnte, um den Hosenbund weiter oder enger zu stellen.* Es war wie ein Zwang, sie musste das ganz einfach kontrollieren.

Jonas reagierte überrascht:

„Aber Anna, was ..."

Diese war bereits im Zelt verschwunden und begann aufzuräumen, rollte ihre T-Shirts zusammen und sammelte vom Waldboden hereingetragene Blätter, braune Kiefernnadeln und verdorrte Grashalme ein.

Im orangefarbenen Nachbarzelt, das sogar einen Vorbau besaß, eine überdachte Terrasse, auf der ein großer Tisch mit vier Sesseln und einem Baby-Hochstuhl ihren Platz fanden, war bereits ein geschäftiges Treiben zu vernehmen. Plötzlich stürmte ein kleiner Blondschopf von etwa drei

Jahren heraus, schrie, dass die Zeltwände wackelten, und schleuderte herumliegendes Spielzeug ins Freie. Vom Autokennzeichen des großen BMW las Anna ab, dass es sich bei den Nachbarn um eine Berliner Familie handelte.

Ein junger kräftiger Mann mit blonder Stoppelfrisur lief dem Kleinen nach und versuchte den Burschen und seinen Zornanfall einzufangen. Das Mädchen, das seinem Vater folgte, war etwa fünf Jahre alt. Es rief:

„Papi, Mama braucht dich!"

Der Nachbar schnappte sich seinen Sohn und verschwand mit ihm im Eingang seines Zelts.

Das Mädchen setzte sich an den Tisch und begann ein Steckspiel zusammenzusetzen, nachdem es seine Puppe in den Hochstuhl verfrachtet hatte.

Anna überlegte, ob sie ein Gespräch mit der Kleinen beginnen sollte. Ihr Bruder, sinnierte sie, dürfte mitten im Trotzalter sein.

„Weißt du, Holger will auch eine Windel, weil doch das Baby eine Windel trägt", wandte sich das Mädchen an Anna.

„Das Baby?"

„Ja, mein zweiter kleiner Bruder."

Aha, dachte Anna. Da sie die letzten drei Jahre den Sommer über als Au-pair-Mädchen in

Frankreich gearbeitet hatte, hatte sie eine Ahnung davon, wie viel Arbeit drei kleine Kinder bedeuteten.

Sie richtete die Liegestatt im Zelt, trug die leeren Pappbecher zu den Mistkübeln, schlug ihr Badehandtuch um den Hals und schlenderte gedankenverloren an den Strand.

Jonas war nirgends zu sehen. Sie legte das Handtuch mit dem bunten Rautenmuster auf einen Liegestuhl direkt an der Ufermauer, setzte sich auf die Mauer und ließ ihre Beine hinunterhängen.

Das Wasser war zu weit unten, um die Zehen einzutauchen. Ein Blick auf die kleine Gruppe Felsen, die weit herausragten, bestätigte ihr, dass sich das Meer zurückgezogen hatte.

Sollte sie sich über die Mauer hinunterlassen, das Wasser würde ihr höchstens bis zu den Oberschenkeln reichen. Aber wenn Jonas das sah, würde er sie bestimmt ins Tiefe locken wollen. Das schaffte sie nicht.

Nun kam die erste Welle zu den Felsen, überspülte einen Stein ein Stück weit, schäumte sprudelnd auf und zog sich wieder zurück. Dann die nächste Welle ...

Obwohl sie sich sofort und verbissen gegen die sich aufdrängende Erinnerung wehrte, sah sie plötzlich in peinigender Deutlichkeit die Umrisse der kleinen zusammengekrümmten Gestalt tief unten im Wasser.

Dann kletterte Jonas unversehens aus dem Meer. Fröhlichkeit sprudelte aus seinen Augen wie Seifenblasen. Eine nasse Umarmung, ein salziger Kuss und Annas Bewusstsein öffnete eine geheime Tür und schubste sie wieder zurück in die Gegenwart.

Vor dem olivgrünen Zelt spielten die Nachbarskinder. Das Mädchen und der kleine Holger kickten sich gegenseitig einen bunten Wasserball zu und dazwischen schleckten sie immer wieder an einem Twinni, das sie sich geteilt hatten. Von der Terrasse gegenüber erhob sich eine junge blonde Frau, nachdem sie ihr Baby sanft von der Brust gelöst hatte. Sie trug ein Sommerkleid, auf dem gelbe Schmetterlinge um blaue Blumen schwirrten auf schwarzem Grund.

Entsetzt stellte Anna fest, dass sich unter ihrem Kleid abermals der Bauch wölbte. Die Frau kam auf Anna zu, schüttelte ihr die Hand, indem sie sagte:

„Mareike, unsere Älteste, haben Sie ja bereits kennengelernt. Und das ist Malte, im Moment noch unser Jüngster. Ich bin Ute."

Sie wirkte völlig entspannt, als sie auf das Baby auf ihrem Arm und zugleich ihren Bauch deutete, und lächelte.

Jonas hatte inzwischen den Ball der Kinder mit dem Fuß weit ins Gebüsch befördert. Riesige purpurrote Hibiskus-Blüten fielen dabei zu Boden. Die Kinder liefen um die Wette hinterher, holten ihn hervor und baten Jonas jubelnd:

„Noch einmal!"

Anna entdeckte eine neue Seite an ihrem Freund. Er *konnte* offenbar mit Kindern ...

Im nächsten Augenblick lief Jonas zurück zu den Büschen und sammelte zwei der intensiv rotgefärbten Hibiskus-Blüten auf. Eine steckte er Anna hinters Ohr, die andere der blonden Mareike ins halblange Haar. Da rief Holger:

„Ich auch!"

Jonas drehte sich sofort um und holte eine weitere der Riesenblüten für den kleinen Jungen. Ute kam mit einer flachen Schale herbei, die sie aus einem Kanister mit frischem Wasser füllte, und stellte sie auf den Campingtisch. Jonas half ihr, die restlichen Blüten aufzusammeln, die Ute nun in die Schale legte. Das sah wunderschön aus. Der Tisch, an dem die fünfköpfige Familie ihre Mahlzeiten einnahm, war geschmückt, und gleichzeitig konnten alle sich an den leuchtenden

Blüten erfreuen, und vor allem waren sie durch den unbedachten Schuss nicht verloren.

Später saßen sie auf den runden Steinen im flachen Wasser in der Nähe ihres Zelts und tranken Kaffee aus Bechern.

Anna hatte sich das Kaffeetrinken während des Studiums angewöhnt, vor allem, wenn sie vor Prüfungen noch nachts lernte. Zu Hause in Stockholm hatte ihre Familie wie die Engländer stets Tee getrunken.

Jonas rief auf einmal „Komm, lass uns schwimmen gehen!", nachdem er eine Weile mit einem Stöckchen Muster in den sandigen Waldboden gezeichnet hatte.

Am Strand setzte sich Anna auf die Ufermauer, da Jonas nach einem Sprung kopfüber ins Meer gleich losgeschwommen war.

Als sie sich wieder nicht ins Wasser wagte, fragte sie sich beklommen, ob denn die ganzen Therapiestunden in Stockholm bei der Psychologin umsonst gewesen waren. Was hatte diese gesagt? Sie musste sich allmählich von dem Gedanken der Schuld befreien. Das Wort dürfe in ihrem Wortschatz gar nicht mehr vorkommen. Sie war noch ein kleines Mädchen gewesen, und schuld sei sie keinesfalls, es war ein schrecklicher Unfall.

So stand es schließlich auch im Polizeibericht und in den Zeitungen.

Anna, die in Schweden eine Wasserratte gewesen war, müsse sich ganz langsam an das Meer und seine Wellen wieder herantasten. Vielleicht mit einer Schwimmhilfe oder einer Luftmatratze, meinte die Expertin. Da hatte Anna gelacht. Sie, die schon als Kind von einer Insel zur anderen geschwommen war, mit einer Schwimmhilfe? Aber mit einer Luftmatratze? Ja, warum nicht?

3

Die Luftmatratze

Es dauerte nicht lange, und Jonas hatte die rosarote Luftmatratze, die nahe der Ufermauer im Wasser schaukelte, darauf ein dunkler Schopf, entdeckt. Er kam im Wasser angeschossen und erschrak selbst, als seine Stimme die Stille sprengte:

„Hast du unser Bett zerlegt, Anna?"

Anna lag auf dem Bauch und paddelte mit den Armen. Es hatte sie viel Kraft gekostet, sie mit ihren Lungen vollständig aufzublasen. Den Blasebalg hatte sie nicht gefunden, der lag vermutlich im versperrten Auto. Sie verwendeten die halbaufgeblasene Luftmatratze als Kissen unter ihren Schlafsäcken.

„In der Sonne trocknet sie schnell wieder", versuchte sie ihn zu beschwichtigen.

„Komm mit hinaus!", forderte Jonas.

Aber Anna ruderte das Ufer entlang.

„Das Wasser ist hier so klar. Sieh mal, die kleinen Krebse und die schwarzweiß gestreiften Schnecken!"

Jonas schmunzelte. Anna konnte all die kleinen Dinge sehen und ihnen Bedeutung beimessen. Er dachte unvermittelt an *Adalbert Stifter* und sein *sanftes Gesetz* und wie sehr seine Deutschlehrerin Frau Hartmann die naturwissenschaftliche Bubenklasse des Realgymnasiums mit seinen *Bunten Steinen* gequält hatte. Ob er Anna das Buch mit *Adalbert Stifters* Erzählungen schenken sollte? Vielleicht konnte sie ihnen etwas abgewinnen?

Als sie so über das Wasser schipperte, immer darauf bedacht, im Seichten zu bleiben, den Kopf nach unten gerichtet, vergaß sie die Welt um sich und reiste in ein anderes Land.

Sie sah ihre Großmutter vor sich, die schon immer alt ausgesehen hatte, ihr Gesicht von Runzeln zerfurcht. Ihre Augen stets traurig, Nebel verschleierte ihren Blick. Ihr Leben war geprägt von Verlust, Verzweiflung und Hilflosigkeit, bis sie Sven, Annas Großvater, kennenlernte. Emmas glückliche Kindheit mit liebevollen Eltern auf dem großen Hof in Schlesien inmitten von vier Geschwistern und vielen Tieren fand bereits mit sechs Jahren ein jähes Ende, als sie und ihre Geschwister im Jahr 1945 miterleben mussten, wie die Soldaten der Roten Armee in ihrem Bauernhof einfielen, alles zerschlugen und zerstörten und das Wohnhaus sowie seine Nebengebäude und

Ställe anzündeten. Das Schreien der geliebten Tiere dröhnte in ihren Ohren, aber das war noch nicht das Schrecklichste. Sie musste mitansehen, wie die Russen ihre Mutter in den Hof zerrten, sie unter den Schreien ihrer Kinder vergewaltigten und vor ihren Augen schließlich totschlugen. Das hatte ihr Annika, ihre Mutter, erzählt, als sie schon fast erwachsen war und sie nach den traurigen Augen ihrer Großmutter gefragt hatte, die sich nur aufhellten, sobald sie ihre Enkelkinder anblickten. Dann stahl sich ein Leuchten in ihre blauen Augen und ihre Züge glätteten sich in einem Lächeln.

Anna, schon als Kind verzückt von der plötzlichen Verwandlung ihrer Oma, lächelte vor sich hin.

Leider war die Großmutter vor ein paar Jahren gestorben.

Auch ihr Glück mit Sven währte nur wenige Jahre, und obwohl sie einige Möglichkeiten gehabt hätte, hatte sie aufgrund ihrer schrecklichen Erlebnisse in der Kindheit nicht mehr die Kraft dazu gehabt, noch einmal neu anzufangen. So galt ihre ganze Sorge und Liebe Annika und den Enkelkindern.

Anna dachte an ihre Nachbarn auf dem Campingplatz. Abermals war sie in ein Gespräch verwickelt worden, das sie eigentlich vermeiden wollte. Zu tief saß der Schmerz des Erlebten.

Immer wenn sie sich jemandem vorstellte, schwankte sie zwischen Schweden und Österreich. Am unkompliziertesten wäre es *Österreicherin* oder *aus Österreich* zu sagen, aber das brachte sie als gebürtige Schwedin dann doch nicht übers Herz. Sie war stolz darauf, Schwedin zu sein. Mit dem Ausdruck *gebürtig,* den sie auch bei der Zelt-Nachbarin nicht unterdrücken hatte können, hatte sie deren Neugier losgetreten, so dass sie, wenigstens in Umrissen, ihre Geschichte erzählen musste, wobei sie nur die Ursache aussparte, weshalb ihr Vater in Österreich lebte. Also lautete eine knappe Skizzierung ihrer Person: Aufgewachsen in Schweden, konnte sie keinen Studienplatz für ihre Fächer in Stockholm ergattern, folglich siedelte sie zu ihrem Vater nach Graz, wo sie nun Spanisch und Französisch an der Karl-Franzens-Universität studierte. Wieder dankte sie stumm ihren Eltern, vor allem ihrem Vater, die sie zweisprachig aufwachsen ließen. Bei ihren Brüdern waren die Eltern dann schon weniger konsequent ...

Komisch, überlegte sie, in ihrer Familie ging es immer zwischen Schweden und Österreich hin und her. Die ältere Schwester ihres Vaters, Tante

Ina, war schon als junges Mädchen ausgewandert. Sie hatte mit neunzehn Jahren durch die Vermittlung einer Freundin, die ebenfalls die Kinder einer begüterten Familie in Stockholm hütete, nach ihrer Ausbildung als Kindergärtnerin am Hasnerplatz in Graz eine Stelle als Kindermädchen in Stockholm angenommen.

Inas Liebesbeziehung in Graz mit Roland war zuvor in Brüche gegangen, weil die beiden Mütter der jungen Menschen gegen das Liebespaar intrigiert hatten. Roland sollte sich noch nicht so früh binden und keinesfalls Vater werden, da er doch, wie auch sein Vater, studieren sollte.

Naja, und dann kam es, wie es kommen musste. Ina, die aufgrund ihrer außergewöhnlichen Begabung eine kostenlose Ausbildung am Grazer Opernballett erhalten hatte, und dann begeisterte Tänzerin in einer Volkstanzgruppe in Stockholm, verliebte sich in ihren Tanzpartner Åke, heiratete ihn und bekam mit ihm drei Kinder. Rolf, Bengt und Monika waren ihre Cousins und ihre Cousine, die mit ihren Eltern in einem Vorort von Stockholm lebten. Eines Tages besuchte Hanns Leo seine Schwester in Schweden, wo er Annika Sörensen kennenlernte, ihre Mutter. Der Rest der Geschichte war nicht schwer zu erraten.

Ina und Åke Franzon waren mit ihrer gesamten Familie zum Mittsommerfest in den Schären eingeladen, nachdem Inas Freundin aus der Tanzgruppe Annika Sörensen ihr von dem Sommerhaus am Meer ihrer Großmutter erzählt hatte.

Jedes Jahr aufs Neue zogen die Feierlichkeiten um den 21. Juni zur Sommersonnenwende die Menschen in ihren Bann. Seit sie in Schweden lebte, war Ina fasziniert von dem Tag, an dem die Sonne die ganze Nacht lang nicht unterging.

Das Haar, geschmückt mit einem Blumenkranz aus Margeriten, Kleeblüten, Dahlien und Kornblumen und in Tracht wurde gesungen, getanzt und gelacht. Stolz trug Ina das schwedische Dirndl, bestehend aus einem königsblauen Kleid über einer weißen Bluse, das an den breiten Trägern mit weißen Margeriten bestickt war. Die Dirndlschürze aus sonnenblumengelbem Leinen schmückte am unteren Rand eine Borte in der Farbe des Kleides mit der gleichen Stickerei. Ihr Blumenkranz aus Margeriten und Kornblumen harmonierte nicht nur mit ihrem Kleid, sondern Ina sah mit ihrem dunklen Haar damit bezaubernd aus, hatte ihr später Annika, ihre Mutter, erzählt.

Tante Ina hieß laut Geburtsurkunde eigentlich Ingrid, doch als Kleinkind konnte ihr um sieben

Jahre jüngerer Bruder Hanns Leo den Namen seiner Schwester nicht richtig aussprechen und nannte sie Ina, was ihr ein Leben lang geblieben war. Einzig die Eltern riefen sie Ingrid, solange sie lebten. Nicht nur, weil sie ihr schließlich diesen Namen gegeben hatten, sie fanden vor allem, Ina sei kein richtiger Name.

Dieser besondere Abend vor dem längsten Tag des Jahres und der darauffolgende Mittsommer boten die Gelegenheit zu einer Party in der Natur, bei der auch fremde Gäste willkommen waren.

Ein Junge, der es sich auf einem Felsen am Meer mit seiner Mundharmonika bequem gemacht hatte, spielte selbstvergessen eine schmelzende Melodie. Die Töne schwebten über der Wiese. Freunde, Freundinnen, Nachbarinnen und Nachbarn sowie Familie, Jung und Alt waren zusammengekommen, aßen, tranken und feierten in der taghellen Nacht. Niemand hatte die Party organisiert. Man traf sich wie jedes Jahr rund um die kleinen Holzhäuser zwischen Meer und Wald, um den längsten Tag des Jahres zu zelebrieren. Getränke und Grillgut stapelten sich auf den aufgestellten Holztischen, um die Kinder Fangen spielten.

Hanns Leo, der gerade bei seiner Schwester auf Besuch weilte, war gefangen im wahrsten Sinne des Wortes, wie sich später herausstellen sollte, von dem stimmungsvollen Fest, als ein junges blondes Mädchen mit langen Beinen und Zöpfen ihn an den Händen fasste und zur Musik um die eigene Achse drehte, ein verschmitztes Lächeln im Gesicht. Nach und nach wurde sie immer übermütiger.

„Kom med mig!", rief sie ihm zu, wurde ihr später erzählt. Hanns Leo verstand kein Wort, ergriff aber sogleich das Kommando und wirbelte sie zur Musik um den aufgestellten Maibaum herum, einen mit Blättern und vielen bunten Blumen geschmückten Baumstamm. Das schien ihr zu gefallen. Sie jauchzte entzückt und irgendwann entschlüpfte ihren Lippen „Annika", „Leo" erwiderte Inas Bruder und bewegte sich im Rhythmus der Tanzmusik, obwohl er den schwedischen Volkstanz nicht kannte.

Leo hatte hochstehende Wangenknochen und tiefliegende kohlschwarze Augen, die so lange schwermütig in die Welt blickten, bis er Annika und ihr Lachen kennengelernt hatte. Sein kohlrabenschwarzes Haar, das ihm weit über die Ohren reichte, kringelte sich nach dem Waschen zu Locken. Sein kurzer, sorgfältig gestutzter Oberlippenbart geriet in Schräglage, sobald seine Lippen sich zu einem Schmunzeln verzogen.

Das Meer glitzerte rotgolden und aus dem angrenzenden Wäldchen drang der Geruch von gegrilltem Lachs. Ein paar Leute hatten an einer Lichtung, nicht weit vom Meer entfernt, Griller aufgestellt und brieten eifrig Lachs und Elchfleisch sowie Würstchen für die Kinder. Andere saßen an Holztischen und genossen den eingelegten Hering mit Kartoffeln und Schnittlauch. Kinder wuselten zwischen den Beinen der Erwachsenen herum, waren schon vor Mitternacht ganz überdreht und schliefen bald auf Holzbänken oder zwischen Heidelbeerstauden, auf die eine Decke gelegt worden war, ein. Niemand dachte daran, sie in ihren Betten schlafenzulegen in dieser Nacht.

Die Freudenfeuer vorne am Meer zwischen den rosafarbenen Heidenröschen, die das Böse vertreiben sollten und eine Huldigung des Sonnengottes darstellten, erzeugten eine magische Stimmung, als die Sonne tiefer sank. Frauen und Mädchen, die keine Tracht trugen, bewegten sich in ihren weißen oder geblümten Kleidern wie Elfen in diesem orangeroten Licht. Ihre Haare flatterten im Wind. Sie schwiegen verträumt, denn sie wussten um die Legenden, nach denen besondere Mächte in dieser Nacht wirkten. Unverheiratete junge Frauen und Mädchen pflückten schweigsam besondere Wildblumen, die sie unter ihr Kopfkissen legen wollten, um ihren Zukünftigen im Traum zu sehen. Ältere Menschen, aber auch junge, liefen barfuß über den Morgentau am Mittsommermorgen, denn sie kannten die besondere Bedeutung des Zaubers, der ihnen Gesundheit versprach.

Die untere Rundung der Sonne berührte bereits das Wasser am Horizont.

Um Mitternacht, gerade als die Sonne ins Meer eintauchen wollte, erschien Stig Franzon mit seinem Segelboot aus Siljan, seine zwei älteren Kinder Lars und Astrid an Bord. Åkes Bruder befand sich seit dem Mittagessen auf dem Meer, er wollte dieses Mal unbedingt dabei sein.

Alle starrten gebannt auf die Sonne. Würde sie im Meer versinken?

Es war ganz still geworden. Dem Augenblick wohnte ein Zauber inne.

Während die Älteren den Schlaf der Kinder bewachten, stieg Åkes Familie aufs Boot. Hand in Hand kletterten Leo und Annika hinauf. Stig stellte den Außenbordmotor des Segelboots an, das nun leise über das glatte Wasser tuckerte. Sie ließen die Sonne nicht aus den Augen. Während Leo sich über Annika beugte und ihre Lippen sich zum ersten zaghaften Kuss trafen, bemerkten die anderen, dass sie zwischen der Wasseroberfläche am Horizont und der Sonne, so wie sie es aus der Ferne wahrnehmen konnten, wenn sie die Augen zukniffen, auf einmal wieder einen Finger einschieben konnten. Hurra! Die Sonne war nicht untergegangen, sie ging bereits wieder auf.

Ehe sie sich's versahen, hatte jeder ein Glas in der Hand, das von Lars und Astrid gefüllt wurde. „Skål!", jubelten alle einander zu. Selbst die Jüngsten, Inas und Åkes Kinder, durften einen winzig-kleinen Schluck Aquavit kosten beziehungsweise die Zunge in die goldfarbene Flüssigkeit eintauchen, den aus Kartoffeln, Kräutern und verschiedenen Gewürzen destillierten schwedischen Schnaps, bevor ihr Glas mit Limonade gefüllt wurde.

Sie kreuzten mit dem Boot durch die Schären, während sie beobachteten, wie die Sonne langsam höher stieg, und segelten in den neuen Tag hinein.

Ja, das war die romantische Liebesgeschichte ihrer Eltern, die in einer Mittsommernacht zur Sommersonnenwende begonnen hatte – und doch war ihre Liebe zerbrochen. Obwohl alle ihnen prophezeit hatten, ein Bund, geschlossen in der magischen Nacht der Sommersonnenwende, würde ewig halten. Vielleicht wäre das auch so gewesen, wenn das Unglück nicht passiert wäre. Anna dachte an die Psychologin, bei der sie gelernt hatte, das Wort *Schuld* aus ihrem Wortschatz zu verbannen. Diese erklärte ihr auch, dass sich sensible Menschen zurückziehen würden - nicht nur vom Ort des Geschehens, auch von den beteiligten Menschen -, wenn ein solch tragisches Ereignis ihrer Familie zustieß.

Deshalb hatte Anna ihrem Vater heute verziehen, der Schweden bereits wieder verlassen hatte, als sie neun Jahre alt war. Es war ihr ja auch nichts anderes übriggeblieben, wenn sie bei ihm wohnen wollte, um in Graz zu studieren. Dennoch: Die Wut, die sie immer wieder ansprang, umklammerte sie wie ein ausgehungertes Tier seine Beute.

Warum musste ihr Vater gerade an diesem Vormittag nach Stockholm zu einem Geschäftstermin, der doch erst einen Tag später stattfinden sollte? Er sollte mit ihnen an dem Tag an den Strand gehen, so war es ausgemacht. Die Mutter erwartete an diesem Vormittag zwei Patienten. Sie hatte über den Sommer ihre Praxis für Heilgymnastik in Stockholm zugesperrt und behandelte hier im Sommerhaus Privatpatienten.

Ein verschobener Geschäftstermin zerriss ihre Familie, zerstörte unwiederbringlich das Glück, das in dem kleinen roten Haus am Meer wohnte, und brachte jedem Einzelnen von ihnen unermessliches Leid.

Als Anna von ihrer Luftmatratze hochblickte, schweiften ihre Augen hinaus aufs tintenblaue Meer und suchten Jonas.

Sonderbar, dachte sie, die Schnur mit den weißen Kugeln, die den Bereich für Schwimmer abtrennte, schien näher gekommen zu sein. War sie zu weit hinausgetrieben worden, während ihre Gedanken auf Safari gingen? Ein Frösteln durchdrang ihren Körper, sie begann stoßweise zu atmen. In Panik blickte sie hinter sich. Aber augenblicklich wurde ihr Herzschlag wieder ganz ruhig. Nein, ihr Abstand zur Ufermauer war gleichgeblieben. Abermals blickte sie hinaus in die blaue Weite, dorthin, wo Jonas sich so gerne tummelte. Da erkannte sie, dass die weißen Tupfer am Meer Möwen waren, die in regelmäßigen Abständen wie aufgefädelt auf dem Wasser saßen und mit jeder Welle mitschaukelten. Sie zählte, vier, fünf ... zwölf Möwen bildeten eine unsichtbare Schnur, die die Biegung der Bucht nachzeichnete.

Anna stieg aus dem Wasser, legte ihr beider Kissen in die Sonne, setzte sich auf die Liege und blickte aufs Meer. Es leuchtete in so vielen verschiedenen Blautönen und Schattierungen, man musste nur genau hinsehen. Ob sie das malen könnte? Sie liebte das Meer, auch wenn heute nur mehr ihre Augen in die Fluten eintauchten. Jede heranrollende Welle veränderte kurzzeitig die Farbe des Wassers, zog sich zurück, hinterließ das Wasser weißsprudelnd oder aber nur kleine Luftblasen, die forttrieben und bald zerplatzten.

Man müsste die Bewegung mit dem Pinsel einfangen. Hatte nicht ihr Zeichenlehrer in der Schule in Stockholm gesagt, sie sei talentiert? Annika, ihre Mutter, hatte mit ihren schulischen Wasserfarben-Aquarellen die Wohnung in Stockholm geschmückt, auch das Zimmer von Moritz, nachdem er ausgezogen war. Und ihr Bruder hatte doch tatsächlich geglaubt, es seien seine künstlerischen Ergüsse, die da an der Wand über seinem Bett hingen.

Aber beim Malen würde sie viel von sich preisgeben. Zu viel? Kunst war frei und begegnete einem doch immer auf emotionaler Ebene. Man kehrte sein Innerstes nach außen, färbte es ein und gab ihm eine Gestalt, die man mit anderen Menschen teilen konnte. Wollte sie das denn wirklich? In der Kunst war es wie in der Liebe, spannte sie den Faden weiter. Es ging immerzu um Gefühle. Man musste etwas von sich preisgeben, in der Hoffnung, dass andere davon bewegt werden. Aber sie könnte ja auch nur für sich selbst malen, überlegte Anna. Als Ausdruck ihrer Empfindungen? Ob dann über allen ihren Bildern vom Meer ein schwarzer Schatten läge? Anna schauderte. Sie verwarf den Gedanken zu malen sogleich wieder.

Sie legte sich zurück, schloss die Augen und nahm das Rauschen der Wellen wahr. Bis sie die Bilder, die sie nicht sehen wollte, bedrängten. Sie sah eine kleine Hand, die sich ihr aus dem Wasser entgegenstreckte. Anna riss erschrocken die Augen auf, sofort verschwand das eindringliche Bild wieder. Sie fuhr sich über die Augen und besann sich ganz bewusst auf die Gegenwart. Stellte sich Jonas vor, der irgendwo draußen in die Fluten eintauchte.

Ein weiteres Bild zeigte den großen Hörsaal an der Universität in Graz, in dem die letzte Prüfung des Sommersemesters stattgefunden hatte. Ein französischer Text, in dem Mozart von einem Boten den Auftrag, ein Requiem zu komponieren, bekommen hatte – seine eigene Totenmesse, wie sich schließlich herausstellen sollte –, musste ins Deutsche übersetzt werden.

Das Ergebnis sollte erst im Herbst bekanntgegeben werden. Dank ihres Vaters kannte Anna die

Geschichte des österreichischen Wunderkinds
bereits.

4

Das Gewitter

Anna dachte an Jonas, der so zärtlich sein konnte und andächtig ihren Erzählungen von der Insel lauschte, während sie die weißen Wolkenberge am tiefblauen Himmel beobachtete. Die Gewittertürme hatten sich seit dem Morgen kaum vergrößert, doch jedes Mal, wenn sie hochblickte, sah die Gebirgskulisse anders aus. Einmal ballten sich links über der kleinen Stadt die Wolken, dann wieder über dem Meer. In Österreich hätte das Gewitter die Menschen längst in ihre Häuser getrieben. Am Mittelmeer war es offenbar anders. Und in Schweden? Dort gab es überhaupt selten Gewitter.

Am späteren Nachmittag wanderten sie über den sonnentrockenen Klippenpfad zu dem kleinen Lokal am Meer, wo die Möwe mit ihnen um das Weißbrot gebuhlt hatte. Der Himmel hatte sich verdunkelt und spannte sich über die Bucht in den verschiedensten Grautönen. Wieder dachte Anna, das müsste man malen können.

Der Wind, den sie nach der Hitze des Tages gerade noch als durchaus angenehm empfanden, peitschte die Wellen gegen die Felsen und einzelne Wassertropfen besprühten sie. Grasgrüne und erdbraune Eidechsen huschten über den sandigen Boden und versteckten sich im struppigen Gebüsch von Rosmarin, Thymian und Ginster oder auch unter einem Stein.

Spannung lag in der Luft. Sie warteten auf das Gewitter, das unweigerlich hereinbrechen würde, und überlegten, ob der kleine Innenraum ihres Lieblingslokals sie noch aufnehmen konnte. Der Wind drückte die biegsamen Ginsterbüsche auf den Pfad, so dass sie nur schwer vorankamen. Da zerriss ein Blitz über dem Meer den Himmel, ein dumpfes Grollen folgte ihm. Auf der gegenüberliegenden Seite der Bucht wich das Schwarz einem Grau.

„Dort drüben dürfte es bereits regnen", meinte Jonas, der auf den Himmel deutete.

Als der Pfad sich in einer abrupten Biegung nach rechts wandte, überraschte sie zwar ein Schwall Sprühregen, so dass sie im ersten Moment glaubten, der Gewitterregen hätte nun doch auch hier eingesetzt, doch gleich darauf ließ der Wind nach, und sobald sie das urige Fischlokal erreicht hatten, klärte sich der Himmel auf und die Sonne zwinkerte bereits zwischen den Wolken hervor.

Ihr Tisch am Meer lud sie lächelnd ein, das goldhelle Kiefernholz leuchtete in der Abendsonne, und sie ließen sich erleichtert auf die Holzbänke nieder. Das drohende Gewitter schien weitergezogen zu sein. Nur über dem Meer blitzte es noch hin und wieder, das Donnergrollen folgte in einem längeren Abstand.

Noch bevor die Bedienung an ihren Tisch kam, um sie nach ihren Wünschen zu fragen, streckte Jonas seine Hand über den Tisch und ergriff Annas zierliche Hand.

„Sag' mal, Anna, warum magst du nicht im Meer schwimmen? Du bist doch quasi am Meer aufgewachsen, vor allem die Sommermonate hast du immer am Meer verbracht, im Sommerhaus deiner Großmutter. Zumindest hast du mir das erzählt."

Er streichelte bei diesen Worten mit dem Daumen über ihren Handrücken und versuchte ihr in die Augen zu schauen.

Anna senkte den Blick und starrte auf ihrer beider Hände. Sie blieb stumm. Jonas hielt eine Weile inne, ehe er fortfuhr.

„Es muss doch einen Grund dafür geben! Willst du es mir nicht erzählen?"

Er drückte ihre Hand jetzt ganz fest. Einen herzklopfenden Augenblick lang sah sie an ihm vorbei, dann schloss sie die Augen. Und so fest sie auch die Augen zukniff, die Bilder, die sie nicht sehen wollte, drangen hinter ihre Lider.

Jonas sah ihr verzerrtes, maskenhaftes Gesicht und Angst, sie zu verlieren, schnürte ihm die Kehle zu. Das wollte er nicht, er hätte sich die bohrenden Fragen verkneifen sollen, so sehr er auch eine Antwort herbeisehnte. Was war nur mit Anna los, dem fröhlichen Mädchen von zu Hause? Was war mit ihr geschehen? Da hörte er etwas, so leise wie ein Flüstern. Er beugte sich über den Tisch, um sie zu verstehen. Tonlos kam es über ihre Lippen:

„Ein Unglück ... im Meer ... vor dem Haus ...“

Jonas fragte nicht weiter. Er sah sie mitfühlend an und streichelte ihre Finger. Eigentlich hätte er sich so etwas ja denken können. Er schlug sich auf die Stirn. Wie konnte er nur so dumm sein, ihr so belastende Fragen zu stellen! Es musste schlimm für sie gewesen sein. Ob es jemand von der Insel war, den sie kannte?

Ja, mit dem Meer war das so eine Sache. Selbst hier am Mittelmeer hatte er schon das eine oder andere Mal einen Schlag gegen den Kopf bekommen. Wenn draußen, wo sich die Bucht zum Meer hin öffnete, größere Schiffe vorbeifuhren und er gerade auftauchte, schlugen ihm die Wellen manchmal unerwartet und erbarmungslos klatschend ins Gesicht oder überspülten ihn. Obwohl er gerne tauchte, mochte er so etwas überhaupt nicht, wenn er nicht darauf gefasst war. Es war gar nicht zu glauben, dass einzelne Wellen bereits so eine Kraft entwickeln konnten. Aber was soll's, er wusste ja gar nicht, was damals an der Ostsee passiert war, vor dem Haus von Annas Großmutter. War vielleicht ein Boot gekentert? War jemand verletzt worden oder womöglich ertrunken? Er durfte nicht in sie dringen, irgendwann würde sie es ihm schon erzählen.

Er blickte auf den Himmel, über den jetzt schwarze Wolken zogen. Nur ihre Ränder beleuchtete die dahinterstehende Sonne, so dass man genau feststellen konnte, hinter welcher Wolke sich die Sonne versteckt hielt.

Er dachte daran, dass sie ihm erzählt hatte, dass sie bereits mit fünf Jahren, Hand in Hand mit ihrer Freundin Lena, an einem Fest zur Sommersonnenwende im Juni im weißen Kleid und mit einem Blumenkranz im Haar von einem Steg ins Wasser gesprungen war. Die Blumenkränze der kleinen Mädchen schwammen davon und das weiße Kleid war für diesen Tag verdorben. Ihre Mutter hatte sie zum Umziehen ins Haus geschickt, was Anna gar nicht gepasst hatte. Er lächelte wehmütig. Jetzt, mit zweiundzwanzig Jahren, dümpelte sie mit einer Luftmatratze im flachen Wasser das Ufer entlang.

Um sie aufzuheitern und von ihren trüben Gedanken loszueisen – er sah doch, dass es ihr nicht gutging -, wollte er über etwas Lustiges mit ihr sprechen. So erzählte er ihr von den Zwillingsmädchen seiner Cousine Karin, die ab dem ersten Schultag ihre Lehrer narrten. Eine war besser im Rechnen, die andere im Lesen gewandter, so dass jeweils die andere den entsprechenden Part ihrer Schwester in der Schule übernahm, zumal sie sich so ähnelten. Er lachte und blickte Anna mit Schalk in den Augen an.

Diese flüsterte kaum hörbar „Zwillinge?", und über ihr Gesicht liefen Tränen.

Jetzt verstand Jonas gar nichts mehr. Was hatte er falsch gemacht? Er wollte sie doch auf andere Gedanken bringen. Er nahm Annas Hand, diese war eiskalt. Jonas seufzte laut auf, auf seinem Gesicht stand ein großes Fragezeichen.

Anna blickte Jonas tieftraurig an, als auch schon zwei Teller mit Miesmuscheln an ihren Tisch gebracht wurden.

„Bon appétit!" rief er ihr zu, eine der wenigen Wendungen, die er auf Französisch sagen konnte. Jonas hatte ein Realgymnasium in Graz besucht und neben Englisch Latein gelernt. Anna, die in Stockholm am Gymnasium Sprachen gewählt hatte, musste für ihr Studium in Österreich das Latinum nachholen, was ihr nicht schwergefallen war, zumal Französisch und Spanisch ja zwei romanische Sprachen waren, die sich aus dem Lateinischen entwickelt hatten.

Sie schwiegen beide, während sich die leeren Muschelschalen im tiefen Teller vor ihnen immer höher auftürmten. Den Brotkorb hatten sie in weiser Voraussicht mit einer rotkarierten Serviette abgedeckt. Trotzdem verirrte sich eine Möwe zu ihnen und setzte sich ein Stück von ihnen entfernt auf den Tisch. Sie schien zu überlegen, ob für sie etwas abfallen würde, und trippelte den Tischrand entlang, bis sie sich frustriert schimpfend aufschwang und vor ihnen aufs Meer hinausflog. Sie lachten – ja, es war tatsächlich die Möwe, die Anna wieder zum Lachen gebracht hatte -, zogen die Serviette vom Korb und griffen nach den letzten beiden Scheiben Weißbrot, die sie in den Muschelsud aus Knoblauch, Kräutern und Weißwein tunkten. Ein prachtvoller roter Sonnenuntergang flammte am Horizont, nachdem die Wolken sich aufgelöst hatten.

Die Flasche Wein war bereits leer, als sie sich auf den Heimweg machten. Ein Tumult auf dem

Wasser erregte ihre Aufmerksamkeit. Es waren Möwen, die sich um etwas stritten. Immer wieder flatterte eine hoch und reihte sich an einer anderen Stelle der Möwenschar ein. Das schien nicht allen zu passen. Eine zweite flog auf und suchte sich einen neuen Platz, und bald war das Chaos perfekt. Sie kreischten, schlugen mit den Flügeln und flatterten immer wieder hoch, um sich gleich darauf aufs Neue niederzulassen. Was die Ursache für ihre Aufregung war, vermochten Anna und Jonas nicht herauszufinden.

Sie hielten sich an den Händen und folgten dem schmalen Pfad, der in die Klippen gehauen war. Es war bereits ziemlich dunkel, so dass sie aufpassen mussten, wohin sie traten. So schade, dass der Tag hier im Süden so früh zu Ende ging, überlegte Anna. In Schweden war das im Sommer ganz anders. In den hellen Nächten fanden selbst die Kinder nicht ins Bett.

Als sie den Campingplatz erreichten, war der Himmel dunkel und sternengesprenkelt. Auf der Terrasse des Nachbarzelts brannte noch Licht. Sie wollten gerade den Reißverschluss ihres Zelts aufziehen, da berührte Anna jemand am Arm.

„Habt ihr Lust, noch ein Gläschen mit uns zu trinken? Die Kinder schlafen bereits", lud Ute sie ein.

Ute und Thomas, ihr Mann, hatten im Handumdrehen zwei Weingläser auf den Tisch gezaubert und Thomas öffnete eine Flasche Wein.

„Jetzt kann ich endlich mit jemandem anstoßen!", zwinkerte Thomas, „Ute trinkt ja momentan nur Wasser."

Anna musste von Schweden erzählen. Die deutschen Nachbarn wollten nächstes Jahr mit ihren Kindern im Sommer in den Norden reisen, vielleicht in Schweden auf einer der Inseln zelten.

„Stockholm ist eine ganz besondere Stadt", hob Anna an, „allein die Innenstadt von Stockholm liegt bereits auf vierzehn Inseln, die durch siebenundfünfzig Brücken miteinander verbunden sind. Ein Drittel der Fläche der Hauptstadt Schwedens ist Wasser."

Jonas erkannte sofort, dass sie vor Begeisterung nur so sprühte, wenn sie von ihrer Heimatstadt erzählen durfte. Er sah sie von der Seite her an und folgte fasziniert ihren Ausführungen.

„Das ist ja wie in Venedig!", warf Thomas ein.

„Ja und nein!", erwiderte Anna, „Stockholm wird zwar oft als das *Venedig des Nordens* bezeichnet, aber während Venedig auf Morast und Sand gebaut ist und man zittern muss, ob es nicht eines Tages im Meer versinken wird, hebt sich Stockholm Jahr für Jahr höher aus den

Fluten, seit vor zehntausend Jahren der Druck des Eises nachließ; Stockholm ist auf massivem Granit, also Urgestein, gebaut."

„Oh!"

„Den historischen Kern bilden drei Inseln", fuhr Anna fort, „dort ergießt sich das Süßwasser des Mälarsees über eine Stromschnelle in die salzige Ostsee. Bei einer Stadtrundfahrt mit dem Boot fährt man durch eine Schleuse und muss siebzig Zentimeter überwinden, um auf Meereshöhe zu gelangen, da der See höher liegt. Früher mussten an dieser Stelle – sie heißt *Strömmen* – die Waren von Hochseeschiffen auf kleinere Boote umgeladen werden, die auf dem Binnensee verkehrten."

„Interessant, ja. Davon habe ich schon gehört. Aber wir wollen auf die Inseln rund um Stockholm."

„Ich verstehe, aber Stockholm muss man einfach gesehen haben! Es ist eine der nördlichsten Hauptstädte der Welt, eine sehr farbenfrohe Stadt. Der Himmel und die Gewässer, die den *Stadsholmen* mit der Altstadt *Gamla Stan* und die Stadtteile *Södermalm* und *Kungsholmen* umspülen, funkeln tiefblau, weil in diesen Breitengraden die Sonne immer niedrig steht. Die Bäume, die die Ufer säumen, leuchten in einem satten Grün, gegen das sich die gelben und rötlichen Pastelltöne

der Fassaden der Bürgerhäuser abheben. Und die
..."

„Was heißt Holmen?", unterbrach sie Jonas.

„Eine andere Bezeichnung für Insel, genauso
wie das Wort Schären."

„Was wolltest du noch sagen, Anna?", fiel Ute
ein und füllte ihr Glas erneut mit Wasser.

„Du hast sie mitten in ihren tollen Beschrei-
bungen ihrer Heimatstadt Stockholm unterbro-
chen!", wandte sie sich nun vorwurfsvoll an Jonas.

„Ich wollte ... Die vielen Kupferdächer der Stadt
und die Kirchturmspitzen schimmern hellgrün
und komplettieren das wunderschöne Farben-
spiel der Stadt. Ja, die Inseln ..."

„Dort ist es wunderschön. Man ist der Natur so
nah, und es soll sogar möglich sein, sein Zelt oder
seinen Wohnwagen auch außerhalb eines Campingplatzes kostenlos aufzustellen, hab' ich erfahren, direkt am Wasser", warf Thomas ein.

„Rund um Stockholm liegen die Schären. Man
spricht vom Schärengarten Stockholms. Er um-
fasst weitere 24 000 Inseln. Ja, Platz ist in Schweden genug. Aber dann hat man halt keine Wasch-
anlagen."

„Bis zum nächsten Jahr, wenn unser Kleines
auf der Welt ist, haben wir ein Wohnmobil zur

Verfügung. Meine Schwiegereltern lassen ihres umbauen, babygerecht sozusagen, mit aufklappbarem Wickeltisch, einer Toilette und eingebauter Dusche, damit es mit den zwei Babys unkomplizierter wird."

„Ja, das ist schön! Zwei Babys? Bekommt ihr etwa Zwillinge?"

„Nein, nein! Aber Malte ist ja dann auch erst ein Jahr alt", fügte Ute hinzu.

„Das wird anstrengend!", meinte Anna.

„Och nee! Wir lieben das, mit Sack und Pack zu verreisen, mit Kind und Kegel ... Wir sind das gewohnt und unsere Kinder sind unkompliziert, wenn nicht Holger gerade einen Tobsuchtsanfall hat", lächelte der Vater stolz.

Anna blickte Ute ins Gesicht, aber auch sie schien fröhlich und gelassen ihrem Mann zuzustimmen.

Jonas legte einen Arm um Annas Schultern.

„Du schwärmst so von deiner Heimatstadt und deinem Land ... Lass uns in den nächsten Ferien hinfahren!"

„Vielleicht nächsten Sommer. Im Sommer ist es in Schweden am schönsten. Zur Sommersonnenwende ist zwar noch Uni. Aber Anfang Juli ist es auch noch fast die ganze Nacht hell. Wir könnten da vielleicht auch Stig, den Bruder von Onkel Åke am Siljansee besuchen, mit seinem Boot. Dort oben gibt es viele Mittsommerfeste, noch den ganzen Juli hindurch, die die Sommersonnenwende feiern."

„Vielleicht fährt deine Mutter von Stockholm dann auch mit! Es ist ja allmählich Zeit, dass ich sie kennenlerne!"

Anna dachte mit gemischten Gefühlen an Annika und an Gunnar Larsen, der jetzt bei ihr wohnte. Ein blaues Kleid blitzte vor ihren Augen auf, und Gunnar Larsen ausgestreckt auf dem Wohnzimmersofa mit den bunten Blumen. Sie sah die gepflegten Hände mit den schmalen Fingern ihrer Mutter vor sich, die es gerade glattstreiften, als sie ins Haus gekommen war. Wieder war ein Bruchstück eines längst vergangenen Sommers in ihr Gedächtnis zurückgekehrt. Komisch, ihr fielen jetzt immer mehr Details dieses schrecklichen Tages ein. Warum erst jetzt? Warum gerade jetzt, nach so vielen Jahren? Sie musste unwillkürlich an das Foto ihrer Mutter denken, das sie auf ihrem Schreibtisch in Graz platziert hatte. Eine Frau, die mit blauen Augen aus dem Fotorahmen lächelte, die Schulter in einer koketten Geste der Kamera zugewandt. Sie lachte, als wäre sie zum Lachen geboren. Plötzlich fragte sie sich, wer das Foto gemacht hatte. Das

Foto ihrer Mutter, das sie mit dem betörend schwerelosen Lächeln aus dem Bilderrahmen anblickte. Ja, ihre Mutter hatte gern gelacht, das war es auch, was ihr Vater an ihr so geliebt hatte. Wann es wohl aufgenommen worden war?

Ihr Kopf fühlte sich auf einmal benommen an, als purzele sie haltlos durch die Zeit. Sie musste sich konzentrieren, wieder an der Unterhaltung teilnehmen. Eine Minute lang war sie unfähig, ihre Gefühle unter Kontrolle zu halten, bis sich ein kleines, betretenes Lächeln in ihr Gesicht stahl.

Annas Augen streiften zufällig den Boden, als sie mit ihrem Stuhl näher an den Tisch heranrückte. Da sah sie ein kleines schwarzes Tier eilig über die Erde huschen. Sie stand auf, um zu erforschen, worum es sich handelte, denn eine Eidechse konnte es nicht sein. Unter dem Klappstuhl von Jonas verharrte es. Sie beugte sich hinunter und erkannte einen kleinen Skorpion, der sich totstellte. Sie wusste, dass der einen giftigen Stachel hatte, wollte aber kein Aufhebens darum machen, sondern vergewisserte sich nur, ob der Reißverschluss des Bereichs, in dem die Kinder schliefen, geschlossen war, und hob ihre Füße hoch. Als sie später einen Blick unter Jonas Stuhl riskierte, war der Skorpion verschwunden.

Sofort wusste sie, dass Jonas sagen würde, sie sehe Gespenster.

Um elf Uhr wünschten sie sich eine gute Nacht und versprachen einander, den netten Abend zu wiederholen. Das nächste Mal wollten Jonas und Anna den Wein mitbringen.

Ein leises Klopfen weckte Anna. Zuerst meinte sie, sie habe geträumt, doch dann klopfte es erneut. Es war mitten in der Nacht und sie beschloss, nicht darauf zu reagieren. Doch aus dem Klopfen wurde ein regelmäßiges, stakkatoartiges Hämmern, bis sie erkannte, dass Regentropfen auf das Zelt trommelten. Sie hielt erschrocken die Luft an und lauschte. Jonas neben ihr schlief tief und fest. Atemlos und mit klopfendem Herzen wartete sie darauf, nass zu werden, und vergrub sich tiefer in ihren Schlafsack. Doch das Zelttuch hielt dicht, die Tropfen perlten von dem wasserabstoßenden Leinen ab, solange man es nicht berührte. Plötzlich wurde es hell im Zelt, dann wieder dunkel, als auch schon ein leises zorniges Donnergrollen folgte. Das Gewitter war zurückgekommen.

Wieder erhellte ein Blitz das Zelt, und während sie flink ihren Trainingsanzug vom rechten Rand ihrer Liegestatt herauszog, zählte sie mit Bangem die Sekunden bis zum Einsetzen des Donners. Das Gewitter lag noch nicht über dem Campingplatz. Sie dachte an die zwei hohen Bäume neben ihrem Zelt und schlüpfte schnell in Hose und Jacke, die sie bis zum Hals hinauf zuzog. Als es abermals krachte, öffnete Jonas seine Augen.

„Komm schnell, zieh dich an!", rief sie und reichte ihm seinen Trainingsanzug.

Aber Jonas streckte seine Arme aus, umschlang sie und zog sie an sich. Er steckte sein Gesicht in ihr Haar.

„Es ist über dem Meer", murmelte er.

„Ich habe Angst, lass uns zu den Waschräumen laufen! Die hohen Bäume hier ..."

Sie liefen hinaus über den schlammigen Boden, auf dem sich Äste und abgerissene Blätter verstreuten. Ein breites Rinnsal zog sich von den Zelten bis zu ihrem Lieblingsplatz zum Wasser hinunter. Das Regenwasser vermischte sich mit dem Salzwasser, denn selbst dort preschten die Wellen über das Ufer auf den Waldboden und klatschten gegen die Baumstämme.

Unterwegs zu den Waschräumen blinkte zwischen den Zelten wogend das Meer. Der Wind kam heulend die Bucht heraufgefegt und gewaltige Brecher wanderten übers Wasser, krachten über Felsen und überspülten die Ufermauer. Ein

Windstoß fuhr durch Annas Haare und wehte sie ihr in die Augen. Sie strich die losen Strähnen hinters Ohr und schaute hinaus auf die Bucht. Weiße Schaumkronen tanzten in der Ferne, bevor sie näherkamen und sich aufbäumend an den Strand donnerten.

Viele Menschen in ihren Pyjamas, Männer in Shorts und mit nacktem Oberkörper, auf dem Tropfen glänzten, Kinder sowie Mütter mit Kindern auf dem Arm hatten sich in den Waschräumen versammelt, wollten das Gewitter abwarten. In den offenstehenden Eingangsbereich, der keine Tür besaß, peitschte der Wind den Regen und schleuderte Blätter und kleine Zweige herein. Manche kamen mit einem Schirm, den der Wind umgestülpt hatte. Die meisten lachten als geübte Camper, nur einige Kinder weinten, da sie aus dem Schlaf gerissen worden waren.

Als das Gewitter sich verzogen hatte und der sintflutartige Regen in einen Nieselregen überging, der jede Sicht verschluckte, liefen sie zurück zu ihrem Zelt. Es stand noch heil da. Vorsichtig entfernten sie Blattwerk vom Dach. Immer noch hörten sie das Meer tosen, während sie sich in ihren Schlafsäcken einmummelten. Jonas verschränkte seine Finger mit ihrer Hand, Annas Aufregung verebbte.

„24 000 Inseln?" fragte Jonas nach.

„Ja, aber nur 150 davon sind ganzjährig bewohnt."

Beide gähnten. Gähnen schien ansteckend zu sein.

„Nächsten Sommer möchte ich mit dir nach Schweden fahren!", murmelte er, schon halb im Traumland.

Beim Einschlafen nahmen sie nur noch das Rascheln der Blätter über dem Zelt wahr und dass einzelne davon auf ihr Dach trudelten.

5

Der Spaziergang

Am nächsten Tag, wolkenverhangen und grau, zeigte sich ihnen das Meer lindgrün. Das funkelnde Azurblau des gestrigen Nachmittags hatte sich aufgelöst. Noch immer hatte das Meer sich nicht beruhigt, schickte, aufgewühlt, hohe Wellen an Land, die über das Ufer schwappten.

Hand in Hand wanderten Jonas und Anna am Nachmittag an der anderen Seite der Bucht die Felsen entlang. Eine Brise wehte böig über eine Klippe und spielte mit ihren offenstehenden Windjacken. Es hatte merklich abgekühlt, niemand schwamm im Wasser oder durchpflügte es mit seinem Boot. Nur weit draußen war ein einzelnes Segelboot zu erkennen. Es mussten geübte Segler sein. Eine Möwenschar kreischte wild, flog wirbelnd auf, als wären sie von etwas auf den Felsen gestört worden.

Dann entdeckten sie den steilen, zerfurchten Pfad unterhalb der Felsen, er lag unter wild wuchernder Vegetation verborgen. Sie beobachteten Scharen von Kormoranen, die herabstießen, untertauchten und wieder auftauchten, als spielten sie ein Spiel, dessen Regeln nur sie verstanden.

Der Wind wurde stärker, fuhr ihr ins Gesicht, zerrte an ihren Haaren, einzelne Regentropfen lösten sich aus den Wolken. Anna war die Erste, die die Kapuze aufsetzte und ihre Jacke schloss. Jonas folgte ihr.

Eine große Heringsmöwe mit ihren schwarzen Flügelspitzen beäugte sie von ihrem Seetang-Nest in einer nahen Felsspalte aus. Als sie sich erhob, sah man ihre Beine dotterblumengelb leuchten. Anna und Jonas setzten sich auf die Steine nah am Wasser, die glatt und grau waren wie Seehundrücken, und sahen zu, wie sich die Möwen im flachen Wasser zankten.

Sie waren immer weitergegangen, bald waren sie allein zwischen dem Meer, den Felsen und dem schweren Himmel. Besorgt blickte Anna sich um, es gab hier nur Möwen und Kormorane, dazwischen den Wind. Es hatte aufgehört zu tröpfeln, und es war herrlich, die klare Luft einzuatmen, wie auf den Schären in Schweden.

Sie hatte sich selbst das Stichwort gegeben. Jetzt trieb Anna im Karussell der Erinnerungen. Sie verscheuchte die negativen Gedanken, die mit einer Böe auf sie zuwehten, und konzentrierte sich auf das Sommerhaus ihrer Großmutter in den Schären, das sie so geliebt hatte. Hatte? Sie war noch immer verzaubert von dem kleinen roten Holzhaus. Durch das Wäldchen schimmerte das Meer. Trotzdem stand es verlassen da, niemand wollte nach dem Unglück zum Haus zurückkommen.

Schon öfter hatte jemand angefragt, der es kaufen wollte, selbst Touristen meldeten sich, die sich bei einer Bootsfahrt, als sie das Haus zwischen Birken erblickt hatten, in das Sommerhaus verliebten.

Niemand von ihrer Familie fuhr jemals hin, eine Freundin Annikas sah ab und zu nach dem Rechten. Aber verkaufen wollten sie es dann doch nicht.

Von außen wirkte es recht klein, aber sobald man die drei Holzstufen am Eingang überwunden hatte und die Tür aufschloss, öffnete sich vor dem Besucher ein lichtdurchfluteter Raum, der Salon mit Polstermöbeln mit einem Blumenbezug, der die Blumen des Maibaums zur Sommersonnenwende widerspiegelte, einem ausladenden hellen Esstisch für sechs Personen sowie einem Buffet und einem kleineren runden Tisch mit einer Glasplatte vor dem Sofa. Die Bilder an den Wänden zeigten alle das Meer im Schärengarten in Pastelltönen. Mit einer Leichtigkeit aufs Papier gebracht, wahrscheinlich im Frühling, wenn die Natur zu neuem Leben erwachte. Es waren Aquarelle eines Malers aus der Gegend.

Was Jonas wohl zu dem Haus sagen würde? Ob es ihm gefiel? Hinter dem Salon befanden sich drei kleine Räume, die Küche, das Schlafzimmer ihrer Eltern und jenes der Großmutter sowie Bad und Toilette. Eine schmale Holztreppe führte nach oben, wo der ausgebaute Dachboden ebenfalls in drei abgeschlossene Räume unterteilt war. Das Zimmer unter dem Giebel war ihr Reich. Von dort oben hatte sie den besten Blick aufs Meer. Sie liebte es, die Boote zu beobachten, die hinausfuhren oder zurückkamen. Sie wusste genau, wer mit wem, welcher Mann mit welcher Frau abends hinaus aufs Meer fuhr, oder welcher Mann jeden Abend mit einer anderen Frau.

Daneben lag das Zimmer ihrer Brüder, und ein weiteres Zimmer dahinter war für Gäste vorgesehen. Alles war hell und freundlich eingerichtet. Nein, auch sie wollte das Haus keinesfalls verkaufen.

Dumm war nur, dass ihr in letzter Zeit immer wieder Annika einfiel. Ihre Mutter war ihr vom Salon entgegengelaufen, als sie an jenem verhängnisvollen Tag schreiend und weinend ins Haus stürmte. Sie trug das blaue Blumenkleid, das ihr so gut stand und sie sonst für Festtage aufsparte, und ihre langen blonden Haare offen, die sie normalerweise in einem geflochtenen Zopf zusammenhielt, wenn sie arbeitete. Auf dem Sofa im Salon lag ausgestreckt Gunnar Larson, der strohblonde Hüne mit den Muskeln, den Annika noch von früher kannte. War er ein Patient, der zur Heilgymnastik gekommen war? Jedenfalls sprang er sofort auf, und nachdem er die Rettungskräfte und einen Notarzt verständigt hatte, lief er ihrer Mutter nach ins Wasser …

Immer wieder blitzte vor Annas Augen das Kornblumen-Kleid ihrer Mutter auf. Als ob es jetzt noch eine Rolle spielte, welches Kleid sie damals getragen hatte. Dennoch …

Plötzlich fiel ihr Jonas ein. Wo war er geblieben? Sie bekam ein ganz schlechtes Gewissen, dass sie ihn alleingelassen hatte. Doch auch er nahm sie nicht wahr, beschäftigte sich konzentriert damit, runde Steine flach übers Wasser tanzen zu lassen, so dass sie immer wieder hochsprangen. Dabei schien er mit den Gedanken ganz woanders zu sein. Er dürfte sich gerade ärgern, schleuderte den letzten Stein ganz zornig aufs Wasser. Dann hob er den Kopf, sah Anna an und lächelte. Er lief auf sie zu, rief „Anna!", umarmte sie heftig und hielt sich an ihr fest wie ein Ertrinkender.

„Was ist denn mit dir los?", lachte Anna.

„Ach", sagte er, „wenn du wüsstest! Ich habe auch mein Päckchen zu tragen."

„Was heißt das? Ich versteh' dich nicht! Ich meine, ich verstehe *Päckchen tragen* nicht."

Verwirrt huschten ihre Augen über sein Gesicht, verharrten ratlos am Muttermal links neben seiner Nase. Bei Frauen hätte man es einen Schönheitsfleck genannt.

„Ich erzähle es dir ein anderes Mal. Komm, lass uns zurückgehen, es wird schon bald dunkel!"

Bei diesen Worten griff er nach ihrer Hand und sie marschierten flott zurück. Auf den schmalen Pfad, der sich unterhalb der Felsen durch dichte Vegetation neben dem Wasser seinen Weg bahnte, verzichteten sie jetzt. Der war zu gefährlich.

Dunkle Wolken drängten sich am Himmel über einem spiegelschwarzen Meer, als sie den Campingplatz erreichten.

In ihrem Zelt, im Schneidersitz vor ihrem offenstehenden Eingang sitzend – die durch Reißverschlüsse angedeutete Tür hatten sie wie eine Lasche nach oben auf das Zeltdach gelegt und an einem Band befestigt – plauderten sie über dies und das. Bis Jonas auf seinen Bruder Manfred zu sprechen kam, der bereits seinen neununddreißigsten Geburtstag gefeiert hatte.

„Der ist so viel älter als du?", entfuhr es ihr staunend.

„Ja, ich hatte auch noch eine Schwester, die zwei Jahre nach ihm geboren wurde."

Annas Augen weiteten sich, als sie fragte: „Hatte?"

Sein Gesicht verschloss sich. Nach einer Weile fuhr er fort:

„Sie ist mit siebzehn Jahren gestorben, als ich gerade einmal zwei Jahre alt war. Ich kann mich nicht mehr an sie erinnern."

„Oh nein, das muss schlimm für deine Eltern gewesen sein. Du warst noch zu klein, um dich zu erinnern, das beginnt erst etwa mit frühestens drei Jahren."

„Sie hatte schweres Asthma. Der Arzt gab ihr eine Penicillin-Spritze, die sie nicht vertragen hatte."

„Oh, mein Gott!"

Anna sah ihn mitfühlend an. Ein Reflex, inzwischen so selbstverständlich wie Atmen, ließ sie einen Arm um seine Schultern legen. Sie fragte nicht weiter. Nahm seine Hand und hielt sie fest. Das sanfte Rascheln und Rauschen der Bäume auf dem Campingplatz, durchsetzt vom Brummen der Insekten, begleitete ihr Schweigen. Sie wartete, bis er weitersprach.

„Mein Bruder Manfred ... er ist, wie soll ich sagen ... nicht direkt behindert, aber doch ziemlich beeinträchtigt."

Während sie nach draußen sah, legte sich ein leichter Schatten über sein Gesicht.

„Bis vor Kurzem noch hat er im Geschäft meiner Eltern gearbeitet. An der Kasse. Ein Laden für Haushaltswaren, Kochtöpfe und so etwas, in der Jakoministraße in Graz. Du weißt, die schmale Straße, wo die Straßenbahn durchfährt."

„Ich kenne die Straße, die zum Jakominiplatz führt."

„Und eines Tages klemmte die Lade der Registrierkasse, er wurde nervös und schickte alle Kunden aus dem Geschäft. Er sagte: ‚Ihr müsst jetzt alle gehen!' und brach in Tränen aus."

Sie bemühte sich darum, sich ein Lachen zu verkneifen. Es klang ja wirklich zu komisch, so tragisch die Situation auch war.

„Mein Vater war ebenfalls im Laden und versuchte seine Kunden zurückzuhalten, aber diese verließen konsterniert unser Geschäft und kamen auch nicht wieder."

„Was ist mit Manfred passiert? Der Arme!"

„Das ist es ja gerade. Er konnte überhaupt nichts dafür. Meine Mutter hatte als junges Mädchen einen Skiunfall, da war sie siebzehn Jahre alt. Sie wusste nicht, dass sich ein knöchernes Stück ihres Steißbeins abgespalten hatte und ins Becken hineinragte. Sie selbst war dadurch nicht beeinträchtigt, aber bei Manfreds Geburt wurde sein Gehirn verletzt."

„Mein Gott!", entfuhr es Anna erschrocken, sie hielt sich dabei die linke Hand vor den Mund. Dann drückte sie seine Hand ganz fest und zog ihn an sich.

„Der Arme! Das müssen für das Baby unerträgliche Schmerzen gewesen sein. Was macht er jetzt?"

Jonas hatte noch nie an die Schmerzen seines Bruders bei seinem Start ins Leben gedacht, immer nur daran, was er alles nicht konnte und wie nervös und fahrig er war. Erst Anna hatte ihn auf die Idee gebracht, dass Manfred schon als Baby gelitten hatte.

„Er lebt bei meinen Eltern und kocht jeden Tag für uns das Mittagessen. Danach wäscht er das Geschirr ab."

„Das kann er?"

„Ja, sogar recht gut mit der Hilfe meiner Mutter."

„Das ist eine traurige Geschichte. Zuerst die schwerwiegende Verletzung ihres ältesten Sohnes bei seiner Geburt, dann der Tod der Tochter ...

Wie hält man so etwas aus? Deine Eltern sind sicher sehr stolz auf dich, weil du studierst und es zu etwas gebracht hast?"

„Naja, gebracht habe ich es – bis auf die bestandene Matura – noch zu nichts!", lächelte Jonas. „Aber immerhin habe ich das süßeste, verständnisvollste und klügste Mädchen kennengelernt, das es an der Uni gibt", flüsterte er ihr ins Ohr und küsste sie aufs Haar.

Anna blickte verlegen auf ihre Füße, knabberte an ihren Lippen, aber nein, erzählen konnte sie ihm noch nichts ...

Später verließen sie noch einmal das Zelt. Es hatte aufgeklart und funkelnde Sterne tüpfelten den tintenschwarzen Himmel. Nachdem sie die Stelle mit den abgerundeten Steinen im flachen Wasser aufgesucht hatten, ihren Lieblingsplatz, schlichen sie zurück, da sie feststellten, dass alle Nachbarn bereits schliefen. Elf Uhr abends war unversehens zu Mitternacht geworden.

Anna fühlte eine tiefe Verbundenheit mit Jonas und hatte das Gefühl, dass er dasselbe empfand, bis er auf einmal sagte:

„Es ist schön, dass du bei mir bist, Anna!"

Sie lächelte und der Glanz seiner liebevollen Worte lag noch auf ihrem Gesicht, als sie der Schlaf einfing.

Gleißendes Sonnenlicht umhüllte sie, als sie morgens das Zelt verließen. Der Himmel war wolkenlos, nicht einmal Schönwetterwolken sprenkelten ihn, und das Meer kräuselte sich in kleinen Wellen. Sie liefen gemeinsam an den Strand. Jonas tauchte sofort ins Wasser, Anna ließ sich mit ihrem Buch auf einer Liege nieder.

Jonas näherte sich mit langen, kräftigen Schwimmzügen dem Strand. Er stieg auf die Felsen unterhalb der Ufermauer und sah Anna an, die soeben von ihrem Buch aufblickte, als hätte sie gefühlt, dass Jonas in der Nähe war. Er lächelte, schickte ihr Luftküsse, drehte sich um und schwamm wieder davon. Anna, die sein Verhalten zuerst sehr rücksichtsvoll empfand, schüttelte verwundert den Kopf. Als er dieses Ritual zirka fünfmal wiederholt hatte, sie immer nur schweigend anlächelte, erhob sich Anna, setzte sich auf die Ufermauer und streckte die Füße hinunter. Leider war das Wasser gerade zu tief unten. Ja klar, Jonas hatte soeben noch auf den Felsen gestanden. Wie gerne hätte sie Jonas, wenn er wiederkam, angespritzt, ihn aus der Reserve gelockt. Tatsächlich hob er sich abermals vor ihr aus dem Meer, nachdem er die letzte Strecke zum Ufer unter Wasser zurückgelegt hatte. Er lächelte, sah sie herausfordernd an und sagte:

„Willst du nicht versuchen, einmal mit mir hinauszuschwimmen, die Vergangenheit zu vergessen oder wenigstens für eine Weile auszublenden?"

„Vergessen?", kam es tonlos über ihre Lippen.

Jonas, der schnell erfasste, dass er etwas Dummes gesagt hatte, kletterte über die Ufermauer, schüttelte sich die Wassertropfen aus seinen verstrubbelten blonden Haaren und setzte sich zu ihr. Schweigend blickten sie aufs Wasser. Ein Außenstehender könnte beobachten, wie es in den Hirnen der beiden ratterte.

Sie drehte den Kopf und starrte ihn durch die Bilder hinweg an, die seine Worte in ihr ausgelöst hatten. Sie wühlten sie auf. Auch er wandte den Kopf ihr zu. Sie sah ihm ohne ein Lächeln in die Augen, als suchte sie in ihm einen Gedanken, den sie unbedingt zerstören musste. Er aber beugte sich zu ihr und nahm ihre Hand. Er sah, wie ihre Augenlider wie unter einer unerwarteten Zärtlichkeit flatterten. Sie senkte die Augen.

Jonas seufzte tief: „Ach, Anna!"

Sie wandte ihm ihr gequältes Gesicht zu, schloss die Augen und begann mit leiser Stimme zu sprechen:

„Meine Mutter ... ich weiß nicht, ob sie und Gunnar Larson damals schon ..."

Jonas verstand sie nicht, er sah sie nur unverwandt an, ohne den Blick von ihr abzuwenden.

„Gunnar Larson? Wer ist das?"

„Ach!", stöhnte Anna, als ihr bewusstwurde, dass sie Jonas noch gar nichts erzählt hatte.

Jonas legte seinen Arm um sie, zog sie an sich und küsste sanft ihren Mund. Und mit einem Mal wusste sie, dass sie es ihm erzählen musste. Bald!

Anna freute sich. Am nächsten Tag würden ihre Studien-Kollegen und Freunde Gitti und Stefan zu ihnen stoßen.

Gitti wollte zwar ursprünglich in einem Hotel wohnen, sie bevorzugte Luxus und Komfort, zumal ihre alleinstehende Mutter, eine Juristin, die sich bewusst gegen einen Ehemann entschieden hatte, ihrem Einzelkind alles finanzierte, aber ihr Freund sowie Jonas und Anna hatten sie schließlich dazu überredet, bei ihnen auf dem Campingplatz zu logieren, da man sich dann näherkomme und viel mehr von morgens bis abends miteinander unternehmen könne.

Trotzdem waren Anna und Jonas erleichtert, dass kein Zeltplatz unmittelbar neben ihrem Zelt zur Verfügung stand. Sie waren zwar nette Kollegen, die mit ihnen quasi meistens auf derselben Wellenlänge schwammen, zankten sich aber untereinander oft. Und Jonas und Anna hatten keine Lust, morgens aufzuwachen vom Gezeter Gittis im Nachbarzelt und noch abends beim Einschlafen ihre Streitereien hautnah mitzuerleben. Gitti war eben sehr anspruchsvoll, geradezu kapriziös, halt von ihrer Mutter verwöhnt. So sagte sie zum Beispiel eines Tages zu Stefan:

„Du musst dein Gehalt von Anfang an ansparen, denn sollten wir einmal eine Tochter bekommen mit deiner Nase, dann muss sie sich ihre Nase operieren lassen!"

Anna und Jonas sahen sich bestürzt an. Sie fanden nichts auszusetzen an Stefans Nase.

Dass Stefan bei Gitti blieb, war eigentlich ein Wunder. So viele Kränkungen musste er schon über sich ergehen lassen. Trotzdem hörten sie immer von ihm: „Gitti denkt ... Gitti meint ..."

„Ich wäre schon längst weg!", sagte Jonas überzeugt. Aber Anna meinte:

„Er liebt sie eben!"

Gitti war tatsächlich ein bildhübsches Mädchen. Schlank und gut gebaut mit blauen Augen und kinnlangen blonden Haaren entsprach sie vermutlich dem Wunschbild vieler Männer. Nur im Gesicht, unter den Augen, bekam sie immer wieder so hektische rote Flecken, wenn sie nervös oder gestresst war. Ihre Model-Figur und das hübsche Gesicht nutzten ihr somit gar nichts, wenn diese Flecken ihr Gesicht verunzierten. Auch Make-up half ihr nur kurzfristig beziehungsweise verschlechterte ihr Hautbild sogar. Stefan, ein großer breitschultriger Mann, ebenfalls mit blauen Augen und blonden Haaren, war ihr Ruhepol. Er studierte technische Mathematik an der Technischen Hochschule in Graz, während Gitti mit Anna Sprachen studierte. Die beiden Studentinnen verstanden sich gut, solange es nicht um Männer ging. Da hatte Gitti eine vollkommen konträre Vorstellung vom anderen Geschlecht als Anna. Sie meinte, man müsse Männer zügeln, nach den eigenen Idealen umerziehen und sie so hinbiegen, wie man sie haben wollte. Anna dagegen war der Ansicht, man verliebe sich ja in einen Menschen, weil er diese und jene Eigenschaften hatte, und nicht, weil man ihn verändern wolle.

„Da bist du wohl naiv!", erwiderte ihr Gitti.

Anna lachte, sie wollte keinen Streit anfangen, auch wenn sie beide völlig konträrer Meinung waren.

Auch Gittis Mutter verhielt sich ein bisschen eigenartig. Wenn Gitti abends fortging und zu später oder bereits früher Stunde – also irgendwann nach Mitternacht – nach Hause kam und sich im

Dunkeln in ihr Zimmer schleichen wollte, stieß sie jedes Mal gegen einen Wäscheständer oder warf ihn um, den ihre Mutter vor der Zimmertür ihrer Tochter platziert hatte, damit sie selbst erwachte und kontrollieren konnte, zu welcher Uhrzeit sie heimgekommen war.

Ein irrer Gedanke zuckte durch Annas Kopf. Ganz unbewusst durchdrang er ihr Denken: Immer noch besser als verheiratet mit einem anderen Mann rumzumachen, anstatt auf die eigenen Kinder aufzupassen und vorzugeben, sie habe Patiententermine.

Anna erschrak. Waren das wirklich ihre Gedanken, die sich da unvermittelt in ihr Hirn geschlichen hatten?

Ihr Magen zog sich zusammen. Sie war hin- und hergerissen zwischen widerstreitenden Gefühlen, sie wollte sich sträuben, das zu glauben, gleichzeitig jedoch sah sie Gunnar Larsen auf dem Sofa liegen und ihre Mutter ihr Kleid glattstreifen, als sie ihr entgegenlief.

Bisher hatte sie nur das blaue Kleid ihrer Mutter irritiert, das sie gewöhnlich zu besonderen Anlässen ausführte, so wie ein Jahr davor zum Mittsommerfest zur Sommersonnenwende in den Schären, als sie alle noch zusammen und glücklich waren.

Abends, nachdem sie es sich schon in ihrem Zelt gemütlich gemacht hatten, hörten sie ein leises Wimmern, das kurzzeitig abbrach und dann von Neuem zu vernehmen war.

Die Kinder in den Zelten rundherum waren alle von ihren Eltern umgeben. Die Möwen verwendeten zwar eine Vielzahl von Lauten, um miteinander zu kommunizieren, jammerten auch manchmal wie ein Baby, waren um diese Zeit jedoch längst verstummt.

Als das klagende Geräusch nicht aufhörte, schlichen sich Jonas und Anna mit ihren Taschenlampen noch einmal hinaus in die lakritzenschwarze Dunkelheit und folgten den Lauten. Leise hörten sie das Plätschern der Wellen, die an ihrem Lieblingsplatz hier auf dem Campingplatz jetzt die großen Steine überspülten, es war Flut. Sie liefen weiter, bis sie eine Stelle am Rande des Campingplatzes entdeckten, wo einige alte Bretter ungeordnet übereinander auf einem Haufen lagen. Sie horchten angespannt. Wieder war das Wimmern zu hören, jetzt eindeutig ganz nah.

In einer Höhle zwischen mehreren Brettern verborgen, befanden sich drei oder vier kleine Kätzchen, vielleicht vier Wochen alt. Sie krabbelten übereinander, fielen um und versuchten es aufs Neue. Eines davon wimmerte.

Jonas und Anna zogen sich etwas zurück und versteckten sich hinter den Sträuchern, die den Campingplatz begrenzten, wollten abwarten, ob ihre Mutter wieder auftauchte. Das geschah jedoch nicht. Als das Wimmern immer kläglicher wurde, näherten sie sich dem Versteck und zogen das jammernde Katzenkind heraus. Anna legte es sich auf die Brust, die nur mit einem T-Shirt bekleidet war. Sofort rollte sich das Kätzchen zwischen ihrem Hals und ihren Haaren ein. Seine Krallen waren noch ganz weich und kitzelten sie. Anna und Jonas schlenderten zurück, während sie überlegten, was sie nun mit dem schwarzweißen Wollknäuel tun sollten. Am liebsten würden sie das entzückende kleine Ding behalten. Sie hatten noch etwas Schinken von ihrem Abendessen übrig und Jonas holte aus dem Automaten an der Rezeption eine kleine Packung Milch.

Den Schinken zerrissen sie in klitzekleine Teilchen und ein paar Tropfen Milch träufelten sie, mangels eines Tellers oder einer Tasse, in die leere Schale einer großen Herzmuschel, die Jonas am Nachmittag aus dem Meer getaucht hatte. Das Kätzchen streckte zwar seine winzige rosa Zunge heraus und leckte sowohl am Schinken als auch an der Muschelschale, nicht jedoch an der Milch, fraß aber nichts. Als Anna und Jonas sich später zurücklegten, kletterte das Wollknäuel auf ihnen herum und begann aufs Neue zu jammern. Wieder boten sie ihm Futter an. Das Kätzchen nahm es nicht an, aber sein Wimmern wurde ausdauernder.

Gegen Mitternacht standen Jonas und Anna erneut auf und machten sich auf den Weg, um das Katzenbaby zurückzubringen. Ihre größte Sorge war, dass die Mutter es nicht mehr annahm, zumal sein Fell nun aus der Sicht der Katzenmutter mit einem fremden Geruch kontaminiert war. Sie schubsten das kleine Wollknäuel vorsichtig in die Höhle zu seinen Geschwistern und entfernten sich leise.

Wieder verbargen sie sich hinter Sträuchern und beobachteten die kleine Katzenhöhle. Lange Zeit geschah gar nichts. Das Wimmern hatte jedoch aufgehört. Da raschelte es vor ihnen im Gras. Eine grauweißgescheckte Katze mit einem schwarzen Streifen um den Bauch näherte sich dem Bretterhaufen und kletterte in das Nest ihrer Katzenbabys. Sie hörten noch ein zaghaftes Fiepen, aber sie hatte alle ihre Kinder wieder angenommen und versorgte sie nun vermutlich mit ihrer Milch. Erst danach wurde ihnen bewusst, dass das süße Wollknäuel wohl noch zu klein war, um etwas anderes als Muttermilch zu sich zu nehmen. Erleichtert gingen sie wieder zurück. Der Schein ihrer Taschenlampen auf dem Waldboden, der über und über mit braunen Nadeln und trockenem Laub übersät war, wies ihnen den Weg. Die beiden Lichtkegel schienen Fangen zu spielen, überkreuzten sich, als Anna über eine Wurzel stolperte. Es raschelte einmal links, dann bewegte sich wieder rechts ein Schatten, bis sie ein Kaninchen vorbeihuschen sahen. Zuerst dachten sie, sie hätten sich getäuscht, und blieben stehen, wagten nicht einmal mehr zu flüstern. Doch dann sahen sie es. Es saß keine fünf Meter vor ihnen neben einem Baumstamm, die Löffel aufgestellt. Seine schwarzen Augen konnten sie in der Entfernung und in der Dunkelheit nicht sehen, waren jedoch sicher, dass das Kaninchen sie wahrnahm. Dann ein kurzes Rascheln, und fort war es.

6

Das Schlauchboot

Ein leichter Windstoß weckte Anna. Sie wusste im ersten Moment nicht, wo sie sich befand, öffnete die Augen, blinzelte. Blauer Himmel wölbte sich über ihrem Kopf. Und darunter ein Baldachin aus vielen kleinen, schmalen, spitzzulaufenden, ledrigen Blättern. Sie blickte sich um. Sie lag auf einer Decke, neben ihr schlief Jonas, die Beine langausgestreckt. Hinter ihrem Kopf, ganz nahe, leuchtete kobaltblau das Meer, knapp davor zerklüftete dunkelgraue Felsen. Jetzt fiel es ihr wieder ein. Sie befanden sich in einem verlassenen Olivenhain am Meer und waren alle beide eingedöst.

Schon beim Herfahren, als sie am ersten Tag den Campingplatz nicht gleich fanden und weitergefahren waren, fiel ihnen der bezaubernde kleine Olivenhain auf, dessen Bäume in regelmäßigen Abständen und alle wohlgeformt in vier Reihen parallel zum Meer wuchsen. Er schien verlassen, kein Zaun begrenzte ihn, ein idealer Platz für ein Liebespaar.

Schon früh am Morgen waren sie hergefahren, nachdem sie erkannt hatten, dass es keinen

Zugang vom Pfad und vom Klippenweg gab. Er schien an der einen Seite, wenn man vom Campingplatz kam, von Gehölz und wilder Vegetation zugewachsen, so dass man vom Klippenpfad aus gar nicht feststellen konnte, wo genau dahinter der Olivenhain sich befand. Deshalb nutzten sie das Auto, das sie weiter hinten im Pinienwäldchen stehen ließen, und gingen die hundert Meter zu Fuß hinunter Richtung Meer.

Sie picknickten zum Frühstück unter einem Olivenbaum und waren danach, vollkommen verzaubert, mitten in ihren Umarmungen eingeschlafen. Ein kleines unberührtes Paradies, nur ein paar Meter vom Meer entfernt.

Das Gras im Hain war zwar an vielen Stellen verdorrt, unter den schattenspendenden Bäumen wuchs es jedoch saftig grün. Gerade für sie gemacht, um darauf ihre Decke auszubreiten und ein Nickerchen zu machen. Hier hatte Anna Jonas ganz für sich allein. Auch er genoss ihr geheimes Plätzchen mit ihr, ohne nach Schnorchel und Taucherbrille zu greifen.

Als die Sonne den Zenit erreicht und bald überschritten hatte, schlenderten sie Hand in Hand zu Jonas klapprigem Fiat, der immer wieder einen Stoß mit einem Stock auf sein Getriebe benötigte, um zu zeigen, dass der alte Herr doch noch einsatzbereit war, wenn es darauf ankam. Anna musste schmunzeln, als ihr einfiel, wären sie in Frankreich, wäre das Auto eine alte Dame, denn Automarken waren im Französischen weiblich. Sie stiegen in den zwischen zwei Pinien abgestellten Wagen, um zurückzufahren; er jaulte zwar kurz auf, als Jonas den Motor anließ, versah aber dann doch pflichtbewusst seinen Dienst.

Gitti und Stefan sollten am frühen Nachmittag ankommen.

Sie verweilten bei ihrem Zelt, sprachen von ihrem neu entdeckten Paradies und warteten auf ihre Freunde. Ihnen würden sie ihren romantischen Rückzugsort, den verlassenen Olivenhain, nicht zeigen, versprachen sie sich ganz fest. Er sollte nur ihnen gehören und nicht womöglich durch Gezänk entzaubert werden. Erst wenn die Freunde aufbrachen – sie wollten sich mittelalterliche Städte im Landesinneren ansehen und dann weiter in den Süden fahren -, würden sie ihr persönliches Paradies wieder besuchen.

Ein lautes mehrfaches Hupen riss sie aus ihren Tagträumereien. Stefan holperte mit seinem breiten Mercedes, der zwar ebenfalls alt, aber weitaus bequemer war und verlässlicher als Jonas kleiner Fiat, nach seiner Anmeldung an der Rezeption auf das Areal des Campingplatzes.

Sie bekamen ihren Standplatz zugewiesen, sprangen aus dem Wagen und begrüßten ihre Freunde überschwänglich. Der Campingwart war zwar nicht ganz begeistert von dem Riesenauto, hatte gedacht, Studenten hätten kleinformatigere Fahrzeuge, wenn sie sich schon einen fahrbaren Untersatz leisten konnten, dennoch reichte der Platz aus, wenn die Ankömmlinge ihr Zelt nahe ihrem Wagen aufbauten, wobei Jonas bereitwillig half.

Gitti führte sofort ihren ausladenden Sonnenhut vor, dessen schwarzes Band mit den weißen Punkten perfekt zu ihrem neuen Bikini passte. Stefan holte für Jonas und sich selbst zwei Flaschen Bier, für Anna und Gitti je eine kleine Flasche Coca-Cola. Zu viert setzten sie sich auf die großen grauen Steine im flachen Wasser, streckten ihre Beine aus.

„Puh, ist das herrlich nach der Hitze im Auto", seufzte Stefan, „so ein Fußbad zwischendurch wäre angenehm gewesen! Das hätte ich doch glatt gegen die Zigarette eingetauscht."

Alle lachten, denn jeder wusste, wie sehr Stefan am Glimmstängel hing.

Während sie plauderten, beobachtete Anna den Wechsel von Licht und Schatten, ausgelöst durch einen sanften Windhauch in den Baumwipfeln, von dem sie zwischen Meeresufer und Waldboden nichts bemerkten.

Mit Gitti bekam Anna eine Verbündete, die sich lieber auf der Sonnenliege räkelte, anstatt schwimmen zu gehen und ihre Frisur zu ruinieren. Gitti mit ihrer Model-Figur und eher hellerer Haut war sehr darauf bedacht, braun zu werden. Was sich tagsüber auf ihrer Haut eher rosa bis rötlich abzeichnete, entpuppte sich abends, auf dem Weg über die Klippen zu ihrem versteckten Fischlokal, in ihrem rückenfreien Kleid als ein tiefes Goldbraun. War es möglich, nach nur einem Tag so eine schöne Farbe zu entwickeln?

Hatte Gitti keine Jacke dabei? Dann sah sie es: Stefan hielt eine dünne weiße Weste in seiner Hand. Er trug sie tatsächlich auf Händen, seine Gitti.

Anna schüttelte in sich hineinlächelnd den Kopf. Sie selbst bevorzugte eine gleichberechtigte Beziehung. Niemals würde es ihr einfallen, sich ihre Jacke von Jonas tragen zu lassen.

Nach zwei Tagen wurde es offensichtlich, warum Gitti nicht einmal ihre Zehen ins Wasser eintauchte. Sie mochte nur an einem Sandstrand baden, nur dort ins Meer gehen, wo sie wusste, dass sie noch stehen konnte.

Der Strand war breit und goldgelber feiner Sand reichte bis zum Wasser, wo sich winzige Wellen am Ufer kräuselten und bogenförmig, immer wieder anders, den Sand benetzten, bevor sie sich zurückzogen. Die *Himinglæva*, die Himmelsklare in der skandinavischen Mythologie, kam es Anna in den Sinn, die durchsichtige Welle, durch die man den Himmel klar sehen konnte beziehungsweise in der sich der Himmel spiegelte.

Als Anna den feuchten Sand zwischen den Zehen spürte, waren alle Sorgen vergessen sowie die unbestimmte Angst, Jonas könnte sich von ihr abwenden, sie als feige abtun, die sich nicht wagte, mit ihm hinauszuschwimmen …

Wie die Kinder liefen Anna und Gitti hinein, liefen immer weiter, bespritzten sich gegenseitig und jagten ausgelassen einem buntgestreiften Wasserball nach, den Stefan aus seinem Rucksack hervorgezaubert hatte, bis das Wasser tiefer wurde und sie mit den Zehen unwillkürlich an eine Sandbank stießen. Dort war das Wasser ganz flach. Sie buddelten Muscheln aus, die sich in den Sand gegraben hatten, und strebten immer weiter hinaus ins Meer. Noch immer konnten sie stehen.

Schließlich legten sie sich flach aufs Wasser und schwammen los, tauchten, legten sich auf den Rücken und strampelten ausgelassen mit den Beinen, immer darauf bedacht, in gleicher Entfernung vom Ufer zu bleiben; sie schwammen seitlich die Sandbank entlang.

Jonas und Stefan, die sich jetzt den Wasserball zuwarfen oder um ihn rangen, genossen ihr Spiel im Meer.

Als sie bereits etwas erschöpft waren vom ausgelassenen Toben weit draußen im tiefen Wasser, suchten sie mit ihren Augen das Meer ab, das im flirrenden Licht der Mittagshitze vor ihnen glitzerte. Dort drüben schwammen Anna und Gitti nebeneinander, verschwanden kurz mit ihren Köpfen unter Wasser, tauchten auf, prusteten, dass sie es bis hinaus hörten, legten sich auf den Rücken und schwammen immer weiter. Jonas Augen weiteten sich, er konnte nicht glauben, was er sah. Seine wasserscheue Anna schwamm und tauchte wie ein Fisch mit Gitti im Meer. Staunend beobachtete er sie eine Weile, dann schwamm er zu ihr. Erst wollte er sich unter Wasser anpirschen und sie dann am Zehen ziehen, besann sich aber sofort wieder. Das war keine gute Idee.

Als er sich ihr näherte, erkannte er, dass die beiden sich mit großem Spaß im Wasser vergnügten. Es war eine Freude, ihnen zuzuschauen.

Tropfnass, aber glücklich entstiegen sie dem Meer wie zwei Göttinnen, die eine blond, die andere dunkel. Anna streckte sich im Sand aus, nahm eine Handvoll davon, ließ ihn in einem dünnen gelblichen Strahl durch ihre Finger rinnen. Gitti setzte sich auf ihr Handtuch und begann den Sand aus ihren Zehenzwischenräumen zu pulen, was ein ziemlich hoffnungsloses Unterfangen war.

„Brr, überall ist Sand. Er juckt mich!", schüttelte sie sich.

Später beschlossen Stefan und Jonas, zwei Tretboote zu mieten.

Anna hielt sich zwar mit beiden Händen am weißen Plastiksitz fest, so dass ihre Fingerknöchel weiß hervortraten, strampelte aber eifrig mit ihm mit. Die Bedingung der Mädchen war gewesen, sich nicht weit von der Sandbank zu entfernen, dort zu bleiben, wo das Meer noch hellblau war wie der Himmel zu Mittag, oder grünlich schimmerte, nicht jedoch in die ozeanblauen Fluten hinauszuschippern.

Die jungen Männer traten kräftig in die Pedale, als wollten sie ein Wettrennen veranstalten. Einmal lag Stefans Boot vorne, dann überholten Jonas und Anna das Schinakel der Studien-Kollegen, wobei Jonas so heftig strampelte, dass Annas

Füße sich von den Pedalen lösten, da sie nicht mehr mithalten konnte; ihre Füße hingen über den Pedalen in der Luft. Sie lachte. Der Spaß war riesig.

Nach einer kleinen Jause aus ihren Rucksäcken spazierten sie am späten Nachmittag entspannt und zufrieden den Strand entlang, sammelten da und dort Muschelschalen auf und blickten aufs Meer, das mit einem Mal aufgewühlt wirkte. Über den Himmel zogen dichte schwarze Wolken, ein mäßiger Wind wehte. Niemand schwamm mehr im Meer. Die Familien hatten sich zurückgezogen. Weit draußen entdeckten sie ein rotes Schlauchboot.

Anna erschauerte und griff nach Jonas Hand. Auch das Rettungsboot vor dem Haus ihrer Großmutter war rot gewesen, ebenfalls ein rotes Schlauchboot, darin zwei Taucher in schwarzen Tauchanzügen mit ihren Sauerstoffflaschen am Rücken - was ja gar nicht nötig gewesen wäre. Die Gruppe bewachsener Felsen, wo sie als Kinder immer tauchten, befand sich kaum zwanzig Meter vom Ufer entfernt, und es war dort auch eigentlich gar nicht tief. Wäre ein Erwachsener anwesend gewesen ... Sie sah vor ihren inneren Augen ihre schluchzende Mutter, die beide Hände vor ihr Gesicht geschlagen hatte. Gunnar Larson hatte einen Arm um ihre Schultern gelegt und sie an sich gezogen.

Das Schlauchboot schaukelte heftig. Zwei der vier Jugendlichen saßen, zwei andere standen und hielten jeder eine Flasche in der Hand. Sie schrien und grölten. Waren sie etwa betrunken? Anna mochte gar nicht hinsehen. Ihr wurde übel beim Anblick der jungen Leute außer Rand und Band in dem Boot, das so aussah, als würde es jeden Augenblick kentern. Dazu die hohen Wellen ... Konnte das Schlauchboot sich den Wellen widersetzen? Es schien so, dass die beiden, die aufgestanden waren, das kleine Boot in ihrem Übermut bewusst noch mehr zum Schaukeln brachten. Hoffentlich ging das gut!

Am Strandende angekommen, fand sich allerlei Unrat am Meer, Cola-Dosen, Flaschen, ein zerrissenes Bikini-Höschen, ein Kugelschreiber, zerbrochene Joghurtbecher und Ähnliches, so dass sie schnell kehrtmachten und den langen Weg zurückwanderten.

Der Wind jagte dunkle Wolken über den Himmel wie böse Vorahnungen. Ein einsamer Fischer hatte sein blitzblaues Holzboot an Land gezogen und soeben eine Auster geöffnet, auf die er von einer Zitrone Saft träufelte, um sie dann gleich hier stehend auszuschlürfen. Anna wusste nicht, wie Austern schmeckten, aber sie wusste, dass man sie lebend verzehrte. Wie ekelhaft! In den feinen Küchen der Welt galten sie als Spezialität.

Sie schlenderten weiter und suchten mit den Augen den Horizont ab, um das Schlauchboot zu entdecken, aber es war nicht mehr da. Hatten die jungen Burschen doch Vernunft angenommen?

Während sie über das schaukelnde Boot sprachen, nahmen sie plötzlich vor sich in einiger Entfernung eine Gruppe von Leuten am Ufersaum wahr. Daneben ein halb ausgelassenes Schlauchboot.

Als sie näherkamen, trafen zwei Polizisten und ein weiterer Mann ein. Auf dem Boden lag ein junger Bursche mit schwarzen langen Haaren, deren Strähnen nass waren, sein weißes Gesicht wirkte wächsern. Sie machten einen Bogen um die Gruppe Menschen, wollten nicht neugierig sein, sahen aber trotzdem mehrere leere Weinflaschen im maroden Boot und einen Mann, der mit den Schultern zuckte, während er ein weißes Tuch über den auf dem Boden Liegenden zog und auch sein Gesicht abdeckte. Zwei junge Leute saßen kreidebleich und vor sich hinstarrend im Sand, einer der beiden zitterte. Zutiefst erschüttert und sehr nachdenklich gingen die zwei Paare zurück, indem sich Anna und Jonas sowie Gitti und

Stefan aneinander festhielten. Sie sprachen kein Wort.

In der Pizzeria oben an der Straße hörten sie, dass eine weitere Person reanimiert und ins Krankenhaus gebracht worden war, allerdings sei ungewiss, ob sie es schaffen würde.

Zuerst dachten sie ja, sie könnten gar nichts essen nach diesem schrecklichen Erlebnis. Ganz blass saßen sie an dem Holztisch in der Ecke.

Doch dann meldete sich doch der Hunger und sie bestellten miteinander drei Pizzen, die sie jeweils in fünf gleich große Teile schnitten, so dass jeder vier beziehungsweise drei Pizzaecken verzehren konnte. Da Anna und Gitti nur drei Stück aßen, teilten sich die jungen Männer das verbleibende Stück.

So schön der Ausflug an den Sandstrand auch war – nur kaum eine halbe Stunde mit dem Auto vom Campingplatz entfernt –, so unbeschwert Gitti und Anna im Meer schwammen und tauchten, so lustig das Wett-Strampeln mit den Tretbooten war, der Tag hatte ein schlimmes Ende genommen. Nicht für sie persönlich, jedoch hatten sich der Anblick des Jugendlichen am Boden, das bedauernde Schulterzucken des Arztes und das weiße Tuch für immer in ihr Gedächtnis eingebrannt.

Abends saßen sie zu viert auf den großen flachen Steinen an der Stelle, wo Meeresufer und Waldboden miteinander verschmolzen.

Sie hatten eine Flasche Wein geöffnet und tranken ihn aus Bechern. Eine zweite Flasche dümpelte im abendlich-kühlen Wasser, das ihnen jetzt nur bis zu den Knöcheln reichte. War es dank des Weines, dass alle wieder eine gesunde Farbe bekommen hatten? Vor allem die jungen Männer hatten sich schnell erholt.

Sie redeten über den Tag, wie unbeschwert-unschuldig er begonnen hatte. Jonas und Stefan fanden lobende Worte für ihre Freundinnen.

„Toll, dass ihr heute überall mitgemacht habt! Ich meine, beim Schwimmen und beim Tretboot-Fahren. So hatten auch wir das Gefühl, dass wir wirklich etwas zusammen unternehmen, nicht nur ihr zwei Damen miteinander und wir zwei Herren!", versuchte Stefan seine Gefühle zu artikulieren.

Obwohl sie immer nur an ihren Bechern nippten, leerte sich die Flasche Wein im Handumdrehen. Sie zogen die zweite an der Schnur aus dem Wasser, befreiten sie von ihrem Zaumzeug und schenkten nach.

„Ein wunderschöner Tag", sagte Jonas und lächelte Anna an, drückte ihr einen Kuss auf die

Wange. Sein Gesicht und seine Schultern waren seit heute kaffeebraun.

„Das dunkle Ende tut mir leid. Wir haben ja gar nichts damit zu tun, nur der Zufall wollte es, dass wir gerade vorbeikamen", fuhr er fort.

„Glaubst du denn an den Zufall?", ließ sich Gitti vernehmen. Sie tastete mit den Fingern an die zarte Stelle unter den Augen. Sie leuchtete himbeerrot.

„Ja, wieso denn nicht?"

„Darüber sind sich nicht einmal die Philosophen einig. Einige meinen, dass es keine Zufälle gäbe. Alle Ereignisse in der Welt hätten eine tiefere Bedeutung und stünden miteinander in einem größeren Zusammenhang."

„Hm, das ist mir für heute Abend zu hoch!", sinnierte Jonas.

Sie hoben ihre Becher, nippten und wussten, dass sie jeder Schluck dem Vergessen dieses schrecklichen Ereignisses näherbrachte. Nur vor Annas Augen blitzte immer wieder das rote Rettungsboot von damals auf.

Sie nahm einen großen Schluck aus ihrem Becher und seufzte. Auch der junge Bursche heute war der *Rán* in die Hände gefallen. Die Göttin der nordischen Mythologie herrschte über das Totenreich am Grund des Meeres, wohin die

Ertrunkenen gelangten. Sie zog ihr magisches Netz durch die Fluten. Es war so dicht geknüpft, dass ihr niemand entkam.

Während ihr Mann, der Riese *Ægir*, die freundlichen Aspekte des Meeres repräsentierte, verkörperte *Rán*, halb Mensch, halb Fisch, die dunkle Seite des Meeres.

Die Meeresgöttin *Rán* und *Ægir* hatten neun Töchter, die die unterschiedlichen Wellenarten darstellten, von der sanften, klaren Welle, derjenigen, wo das Wasser noch durchsichtig war, über die steigende Welle oder die schäumende Welle bis hin zur heimtückischen Woge und zum Tsunami, der alles verschlang.

Von den Wellenmädchen war immer mindestens eines aktiv. Es gab keinen Ozean ohne die Wellenmädchen.

„Woran denkst du, Anna? Du wirkst so abwesend. So still. Bist du schon so müde?", flüsterte Jonas ihr halblaut zu.

„Nein, ich denke an die Wellenmädchen", antwortete Anna für alle hörbar und fuhr sich dabei über die Nasenspitze, die heute offenbar zu viel Sonne abgekriegt hatte.

Während Gitti sie nur skeptisch anblickte, fragten Jonas und Stefan gleichzeitig:

„Wellenmädchen?"

„Ja, die Töchter der Meeresgöttin *Rán*. Es gibt neun verschiedene Arten von Wellen, und mindestens eine ist immer anwesend."

„Eine Meeresgöttin? Ich dachte, Aphrodite ist aus dem Meer gestiegen?", wandte Stefan ein. Wenn es hell gewesen wäre, hätte man seine großen Augen und die staunend hochgezogenen Augenbrauen bemerkt.

„Ja, herausgestiegen, in Zypern. Aber in unserer nordischen Mythologie lebt *Rán* im Meer und zieht ihr Netz durch die Fluten. Wenn jemand ertrinkt, fällt er *Rán* in die Hände, und es gibt kein Entrinnen mehr."

„Da bekommt man ja eine Gänsehaut, wenn man sich das vorstellt, ein Netz, das Menschen einfängt wie Fische."

„Ja, da hast du Recht!"

Jonas gähnte. Es war spät geworden. Im Zelt verkrochen sie sich in ihren Schlafsäcken. Das Letzte, was Anna von Jonas noch hörte, war ein Murmeln:

„Du bist heute so schön geschwommen …"

Anna lag noch lange wach. Sie überlegte, ob es tatsächlich Zufälle gab, und fragte sich, ob das rote Schlauchboot des Nachmittags in irgendeinem höheren Zusammenhang stand mit dem roten Rettungsboot von damals. Warum waren beide rot gewesen? Rettungsboote waren fast immer rot, aber Schlauchboote gab es doch in verschiedenen Farben. War es ein Zufall oder sollte es ein Hinweis für sie sein, quasi ein Wink mit dem Zaunpfahl, Jonas endlich von dem Unglück zu erzählen und welche Rolle sie dabei gespielt hatte?

Wenn sie an die beiden Männer in ihren schwarzen Tauchanzügen dachte, die auf sie damals so furchterregend gewirkt hatten, obwohl sie doch kamen, um zu helfen, schüttelten sie immer noch Schauer des Unbehagens. Sie begann zu frösteln, wollte ihre Arme um ihren Körper schlingen, wie sie es tat, wenn ihr plötzlich kalt wurde, aber das war im Liegen nicht möglich.

Sie drehte sich unruhig im Schlafsack auf die eine, dann auf die andere Seite, konnte keine angenehme Position finden, um einzuschlafen.

Immer wieder sah sie vor ihren inneren Augen das rote Schlauchboot mit den Jugendlichen vor sich.

Und dann fiel es ihr plötzlich wie Schuppen von den Augen. Sie atmete gepresst, bekam kaum Luft. Es war gar nicht halb ausgelassen, wie es da so lag, es war leck geworden. Entsetzen überlief eiskalt ihren Körper. Die jungen Leute grölten nicht übermütig, sondern waren aufgestanden, winkten mit den Flaschen und schrien verzweifelt um Hilfe. Sie hörte ihr Herz ganz laut pochen. Sie und Jonas sowie Gitti und Stefan hatten die Burschen im Boot missverstanden, in falsch verstandener Eintracht besserwisserisch und überheblich den Kopf geschüttelt über deren vermeintlich gewissenloses, unverantwortliches Verhalten, anstatt Hilfe zu holen.

Annas Herz raste. Sie musste Jonas wecken.

„Jonas!", rief sie leise, strich ihm dabei mit den Fingerspitzen zart über die Lippen.

Er war sofort wach, blinzelte.

„Anna, wie spät ist es denn?"

„Noch mitten in der Nacht ... du?", kam es zaghaft über ihre Lippen.

Ihre Hände waren eiskalt. Jonas bemerkte es, umschloss ihre Finger mit seinen schlafwarmen Händen.

„Was ist denn los? Ist etwas passiert, Anna?"

„Ich glaube, ja!"

Jonas setzte sich sofort auf, langte nach seiner Taschenlampe, die er seitlich des Luftmatratzenkissens verstaut hatte. Er schaltete sie ein und sah Anna an.

„Du bist ja ganz blass!"

„Wir haben uns heute geirrt, glaube ich. Das Schlauchboot der jungen Leute am Nachmittag wurde nicht zum Teil ausgelassen. Wozu auch? Es war leck."

Jonas Augen weiteten sich.

„Meinst du?"

„Ja, die Jugendlichen haben nicht Schabernack getrieben und das Boot zum Schaukeln gebracht. Sie haben nicht übermütig gegrölt, sie haben in Panik um Hilfe gerufen. Deshalb sind zwei von ihnen im Boot aufgestanden. Sie wollten auf sich aufmerksam machen, haben mit den Flaschen wie wild gewunken. Haben *uns* gewunken! Wir hätten ihnen helfen sollen!"

„Oh, mein Gott! Ich fürchte, du hast Recht, wenn ich mir noch einmal die Szene so vor Augen führe!"

„Ja, es war ja sonst niemand am Strand bis auf den einsamen Fischer, der mit dem Rücken zum Meer stand. Wir hätten drüben bei den Lokalen Bescheid geben müssen, die Seerettung informieren!"

„Das ist ja entsetzlich, was du da sagst! Dann sind wir schuld, mitschuldig am Tod des Jugendlichen!"

„Wir haben es ja nicht gewusst!", erwiderte Anna stammelnd.

„Nein, das haben wir nicht. Wir sahen die Weinflaschen und dachten ..."

„Naja, getrunken haben sie sicher zu viel. Wären sie nüchtern gewesen und aufmerksam, hätten sie das Leck frühzeitig entdeckt, die Gefahr rechtzeitig erkannt ..."

„Trotzdem! Wir hätten ihnen helfen müssen, die Rettungskräfte verständigen!" Jonas seufzte tief.

„Jetzt ist es zu spät!", flüsterte Anna mit Tränen in den Augen.

„Wir können nichts mehr tun!" Jonas drückte Anna fest an sich.

„Ich mache mir Vorwürfe, ich fühle mich schuldig", wisperte Anna erstickt und dachte dabei an damals, als sie auch nicht hatte helfen können ...

„Nein", beruhigte sie Jonas, „das darfst du nicht, jeder ist für sich selbst verantwortlich!"

7

Der Olivenhain

Wieder allein, beeilten sie sich morgens, alles, was sie zu benötigen glaubten, und vieles mehr, ins Auto zu werfen, um gleich loszufahren. Sie redeten dem Fiat gut zu. Als das nichts half, setzte sich Anna hinters Lenkrad, drückte nach Jonas Anweisungen rhythmisch pumpend auf das Gaspedal, während er mit einem Stock dem Motor seine Lebensgeister einzuhauchen beziehungsweise einzuklopfen versuchte. Nach ein paar Minuten begann das Getriebe allmählich zu husten, der Motor stotterte, dann heulte er auf und das Auto machte einen Sprung nach vorne. Im letzten Moment sprang Jonas zur Seite. Er hatte Anna nur gezeigt, wie man Gas gab, nicht jedoch beigebracht, wie man bremste, Führerschein hatte sie noch keinen.

Als der Motor röchelnd und hüstelnd zum Leben erwachte, stieg Jonas auf der Fahrerseite ein, schubste Anna gekonnt hinüber auf den Beifahrersitz, ohne dass sie den Fuß vom Gaspedal lösen musste, stellte seinen rechten Fuß dazu sowie seinen linken auf die Kupplung, und weiter ging es Richtung Olivenhain, ihrem neu entdeckten

Paradies. Nachdem sie ihren Fuß wieder vom Gaspedal gelöst hatte, sagte Jonas anerkennend zu Anna: „Wir sind ein gutes Team!"

Sie lächelte. Die Vorfreude war riesengroß. Diesmal hatten sie mehr Sachen ins Auto gepackt. Neben Decke und Frühstücksutensilien noch ein Buch für jeden und weitere Lebensmittel in der Kühltasche sowie Getränke. Sie wollten auch zu Mittag unter den Olivenbäumen picknicken. Natürlich hatte Jonas auch Schnorchel und Taucherbrille dabei sowie die halb aufgeblasene rosarote Luftmatratze für Anna nebst Blasebalg.

Federwolken tanzten am Himmel, schürten Illusionen und sorgten für falsche Vorstellungen.

Sie erreichten den Pinienwald und sahen das Meer zwischen den Zweigen der Bäume majestätisch funkeln. Sie holperten über den unebenen Waldboden und Wurzelwerk, denn sie wollten möglichst nahe heranfahren, da sie dieses Mal viel Gepäck hatten, das getragen werden wollte. Mit einem Mal hielt der Fiat von selbst an, aber Jonas meinte, das würde schon passen.

Sie stiegen aus und zwei Packesel näherten sich dem Ort ihrer Begierde.

Doch was war das? Als sie näherkamen, sahen sie es zwischen den Olivenbäumen weiß aufblitzen. Zuerst dachten sie, die Sonne narrte sie mit ihren Reflexen, dem war aber nicht so. In ihrem Olivenhain standen zwei Wohnwagen.

„Naja", bedauerte Anna, „da haben wohl andere dieselbe Idee gehabt."

Sie strich eine Haarsträhne, die sich aus ihrem Pferdeschwanz gelöst hatte, hinter das Ohr zurück, straffte ihren Körper.

„Die trauen sich aber was, sich gleich mit dem ganzen Wohnwagen hier niederzulassen!", fügte Jonas frustriert hinzu. Eine tiefe Furche bildete sich zwischen seinen Augenbrauen, während er die Augen in der grellen Sonne zusammenzog.

Sie schlichen weiter heran, wollten den romantischen Olivenhain direkt am Meer von der gegenüberliegenden Seite betreten und hofften, die anderen nähmen keine Notiz von ihnen.

Dann entdeckten sie das Hindernis, das ihren Weg versperrte. Rund um den rechteckigen Platz mit den vier Reihen wohlgeformter Olivenbäume war buchstäblich über Nacht, oder besser, in den letzten drei Tagen, die sie mit ihren Freunden verbracht hatten, ein Maschendrahtzaun hochgezogen worden. Vor ihnen und auch an der Längsseite des Zauns hing ein Schild mit der Aufschrift *Betreten verboten!* in vier Sprachen.

„Dann", kombinierte Jonas enttäuscht, „sind das hier wohl die Besitzer!"

Eine Weile noch fokussierten sie die beiden Wohnwagen. Sie schienen unbewohnt zu sein. Außerdem kein Mensch weit und breit. Sie entledigten sich ihrer Last und setzten sich auf den warmen Waldboden, ließen das Areal vor sich nicht aus den Augen. Keine Chance! Auch wenn es heute ebenso verlassen schien wie vor ein paar Tagen, kamen sie nicht hinein.

Anna und Jonas sammelten ihr Gepäck wieder auf und schlenderten zum Auto zurück. Ihre Enttäuschung war groß. Sie warfen die Sachen auf die Rückbank und stiegen ein. Sie mussten wohl akzeptieren, was nicht zu ändern war. Vielleicht hatte der brachliegende Olivenhain neue Besitzer?

Jonas drehte den Schlüssel im Zündschloss und der Motor heulte auf, der Fiat weigerte sich aber, sich vom Fleck zu bewegen.

Wieder begann das Spiel mit dem Stöckchen. Aber diesmal reagierte der Wagen nicht so bereitwillig, wollte sich wohl noch ein paar Stunden ausrasten, bis er seiner Pflicht nachkam. Jonas stöhnte:

„Auch das noch!"

„Wir haben ja Zeit! Sei doch nicht so ungeduldig! Vielleicht braucht dein Auto nur noch eine Weile Ruhe."

In seinem Ärger drosch Jonas mit dem Stock auf das Getriebe ein, so dass Anna bei jedem Stoß zusammenzuckte. Sie hielt sich mit beiden Händen die Ohren zu. Doch siehe da, der Fiat machte sich dazu bereit loszufahren.

Auf dem Campingplatz zerrten sie ihre Sachen aus dem Auto, deponierten alles vor ihrem Zelt und liefen mit ihrem Frühstück zu ihrem Lieblingsplatz am Ufersaum.

„Der Kaffee schmeckt heute besonders gut!", betonte Anna, während sie die Thermoskanne wieder zuschraubte.

Jonas Gesicht hellte sich auf. Er legte einen Arm um Anna und lächelte vor sich hin. Was für ein Schatz sie doch war! Wie einfühlsam sie sich darum bemühte, seine Enttäuschung und seinen Ärger zu verscheuchen.

8

Die Großmutter

Es war schon merkwürdig, überlegte Anna, immer wenn sie einander etwas erzählten oder etwas erlebten, was nicht so schön war, fühlte sie sich Jonas besonders nah. So war es mit der tragischen Geschichte seines Bruders Manfred, dem Schlauchboot, das leck geworden war und zu einer Tragödie geführt hatte, und jetzt wieder, da sie enttäuscht umkehren mussten, den bezaubernden Olivenhain am Meer kein zweites Mal zu ihrem Paradies erküren durften.

Wenn sie sich dagegen am Wasser befanden, Jonas hinausschwamm und tauchte, und sie selbst am Liegestuhl ruhte oder mit der rosaroten Luftmatratze das Ufer entlangpaddelte, fühlte sie eine Distanz zu ihm, und zwar nicht nur im räumlichen Sinn – er weit draußen im Meer, sie am Ufer -, sondern sie spürte seinen unterschwelligen Wunsch oder seinen Frust, den sie ihm nicht erfüllen beziehungsweise nicht beseitigen konnte. Sie schaffte es ganz einfach nicht, mit ihm hinauszuschwimmen. Auch glaubte sie, in seinen Augen einen stummen Vorwurf zu lesen. Oder war es nur ihr schlechtes Gewissen ihm gegenüber, das sie Vorwürfe und Unzufriedenheit sehen ließ, wo keine waren?

Am liebsten redete sie mit ihm, Schulter an Schulter, an ihrem Lieblingsplatz am Wasser sitzend.

Jetzt war Jonas wieder fort und sie allein. Eine wilde Sehnsucht nach ihm erfasste sie. Sie wünschte sich, er wäre bei ihr, sie konnte sich nicht auf ihr Buch konzentrieren, suchte ununterbrochen mit den Augen das Wasser ab jenseits der Abgrenzung für Schwimmer.

„Ach, Jonas!", seufzte sie.

Sie blickte sich erschrocken um, als sie erkannte, dass sie laut gesprochen hatte. Die Frau rechts von ihr blickte sie mitleidig an, lächelte zu ihr herüber. Nein, Mitleid brauchte sie wirklich keines, schon gar nicht von fremden Leuten. Da stand mit einem Mal ein älterer Herr vor ihrem Liegestuhl, der fragte:

„Ist alles in Ordnung, Fräulein?"

Anna wurde siedend heiß, sie konnte regelrecht spüren, wie sie rot wurde. Die Hitze kroch ihren Hals hinauf, dann begannen die Ohren zu glühen und schließlich stand ihr Kopf in Flammen. In ihren Schläfen pochte es. Oh Gott! Jetzt sollte sie selbstbewusst antworten: ‚Ja, ja, sicher!', aber es gelang ihr nicht, die Lippen zu öffnen. Sie schienen aufeinander zu kleben, kein Wort brachte sie heraus. Als sie mit der Hand fahrig an ihre Stirn fuhr, ertönte abermals die sonore Stimme des Mannes:

„Ist Ihnen nicht gut? Brauchen Sie Hilfe? Soll ich Ihnen ein Glas Wasser holen?"

Auch das noch! Sie fuhr sich ins Haar, schob den Haargummi ihres Pferdeschwanzes weiter nach oben und seufzte gleichzeitig tief.

„Ich wollte ihr auch schon helfen!", vernahm sie plötzlich eine Frauenstimme von rechts.

Anna erhob sich mit zittrigen Beinen, die den Leuten noch mehr Anlass gaben, sich zu sorgen, als plötzlich ein tropfnasser Jonas vor ihr stand und sie mitten auf den Mund küsste. Anna lachte laut heraus, als die Wassertropfen von Jonas ihre Haut kitzelten.

„Ah so!", hörte sie nun einmal von vorne in tiefer Stimme und einmal von rechts eine Frauenstimme ausrufen.

Jonas blickte sie irritiert an.

„Was ist denn los, Liebling?"

Anna strahlte, so hatte er sie noch nicht oft genannt.

„Ich bin so froh, dass du da bist! Auf einmal habe ich mich verlassen gefühlt, so ganz allein hier am Strand inmitten der fremden Leute."

„Ich bin doch die ganze Zeit da, zwischendurch schwimme ich hinaus, na gut, aber ich bin doch trotzdem da!"

„Ich hatte plötzlich so Sehnsucht nach dir!"

Jonas beugte sich über sie, legte beide Hände auf ihre Schultern und seinen Kopf auf ihr Haar. Er flüsterte:

„Meine Süße!"

Am Wasser spielten sie mit ihren Füßen, indem sie es immer wieder hochschaufelten und sich mitunter selbst anspritzten. Jeder betrachtete die Füße des anderen, während sie schwiegen.

Plötzlich sagte Jonas:

„Erzähl' mir von deiner Oma in Schweden! Du weißt, da meine Eltern schon älter waren, als ich als Nachzügler geboren wurde, hatte ich nie Großeltern. Das hab' ich immer sehr bedauert, da die anderen in der Schule erzählten, was sie mit ihrem Opa oder ihrer Oma alles unternahmen."

„Das verstehe ich! Aber meine Großmutter ist auch schon seit drei Jahren tot."

„Aber immerhin hast du neunzehn Jahre lang eine Oma gehabt. Ich hatte nie eine!"

Nachdenklich sagte Anna:

„Sie musste im Winter 1945 mit ihrer großen Schwester aus Ostpreußen fliehen, nachdem sie

Schreckliches erlebt hatten. Ihre ganze Familie musste fliehen.

Der Vater, ein Großgrundbesitzer mit einem Hof, der alle Stücke spielte, tat sich mit seinem jüngeren Sohn zusammen, der ältere war schon vorher allein aufgebrochen, und Emma – so hieß meine Großmutter - musste mit ihrer Schwester Ingrid zusammenbleiben. Die Familie trennte sich, da sie damit rechneten, auf diese Weise eher durchzukommen."

„Die Familie hatte sich getrennt?", fragte Jonas fassungslos.

„Das haben früher viele so gemacht, damit im Ernstfall nicht gleich die gesamte Familie ausgerottet wurde."

„Ausgerottet?"

„Ja, heute kann man sich gar nicht vorstellen, was diese Menschen durchgemacht haben. Viele sind auf der Flucht erfroren oder verhungert. Sie waren auch schon zu spät dran, die Soldaten der Roten Armee waren nicht mehr weit entfernt."

„Von der Roten Armee haben wir gelernt. Aber was war mit Emmas Mutter?"

„Das ist eine schlimme Geschichte …", sagte Anna mitfühlend und blickte stirnrunzelnd vor sich hin ins Leere, „die war bereits tot."

„Tot?"

„In ihrem Dorf setzte sich der Fluchtgedanke nicht rechtzeitig durch. Außerdem war es auch von den NS-Behörden anfangs verboten, sein Land zu verlassen. Du musst dir das so vorstellen: Flüchtlingstrecks mit Pferdefuhrwerken und Handkarren strömten durch die Straßen, die tiefverschneit waren. Auch wurden für die Flucht vollbeladene Schlitten genutzt.

Nur in Emmas Dorf hatten viele Bewohner den Ernst der Lage noch nicht erfasst. Dort spielten die Kinder noch im Garten und bauten Schneemänner."

„Schneemänner?"

„Ja, ganze Schneemann-Familien. Es war Mitte Jänner und es lag meterhoch Schnee. Das Thermometer fiel mancherorts auf 25 Grad unter null."

„Wenn du das so erzählst, bekomme ich eine Gänsehaut. Mitten im Sommer beginne ich zu frösteln."

Dann, nach einer Weile, in der beide schwiegen: „Und wie war sie, deine Oma?"

„Zu uns Kindern immer liebevoll und freundlich, aber sonst sehr verschlossen. Auch war ja ihre Schwester gestorben, ziemlich bald, nachdem sie in Schweden angekommen waren."

„Mein Gott, auch das noch!"

„Vermutlich hatte sie ihrer kleinen Schwester Emma das Leben gerettet."

„Wie das?", fragte Jonas verunsichert.

„Während der Flucht hatte Ingrid der Kleinen immer wieder von ihrer eigenen Essensration abgegeben. Und selbst dadurch viel zu wenig Kalorien zu sich genommen."

„Hm!"

„Ingrid kam dann in Schweden zwar gleich in ein Krankenhaus, aber ihr Körper war schon zu schwach und zu ausgezehrt, so dass er kein Gewicht mehr zulegen konnte."

„Das ist sehr tragisch! So war Emma dann ja ganz allein?"

„Ja! Und sie war gerade einmal sieben Jahre alt. Und ganz allein in einem Flüchtlingsheim. So etwas können wir uns heute gar nicht vorstellen!"

„Nein!"

Jonas blickte ganz zerknirscht drein.

„Erzähl mir von ihr!"

„Ihr Gesicht war von Falten zerfurcht. Lachen habe ich sie eigentlich nie gesehen, wenn ich jetzt so zurückdenke. Auch hat sie selbst uns nie von der Flucht erzählt. Sie wollte wohl unsere glückliche Kindheit in ihrem Sommerhaus am Meer nicht belasten. Alles, was ich darüber weiß, weiß ich von Annika, meiner Mutter."

„Und dein Großvater?"

„Er hieß Sven, Sven Sörensen. Er lebt schon lange nicht mehr. Er ist gestorben, als Annika noch ganz klein war."

„Oh! Was ist passiert?"

„Er hat in einer Fisch-Konservenfabrik gearbeitet. Und dort hat es einen Unfall gegeben, eine Explosion, glaube ich. Genaueres darüber weiß ich nicht."

„Das tut mir leid!"

„Naja, ich habe ihn ja nicht gekannt. Aber ja, mir tut es für meine Oma leid. Sie war nur ein paar Jahre mit Sven verheiratet."

„Redet ihr in Schweden eure Eltern und Großeltern mit dem Vornamen an?"

„Ja, das ist normal. Wir sagen Annika oder Ina zur Schwester meines Vaters, die nach Schweden ausgewandert ist. Ein S*ie* gibt es im Schwedischen auch nicht, wir sagen *du*, so wie im Englischen."

„Ah so, das habe ich nicht gewusst!"

9

Das leuchtende Meer

„Lass uns einen Spaziergang entlang des Wassers machen!", schlug Jonas vor, nachdem sie ihre belegten Brote zum Abendessen verzehrt hatten.

„Aber es ist doch schon ganz dunkel!"

„Wir haben ja unsere Taschenlampen. Das ist sicher romantisch!"

Anna blickte zum Himmel, der wolkenverhangen war. Der Mond war nicht zu sehen und kein einziger Stern durchstach die dicke schwarze Wolkendecke. Man nahm höchstens die Konturen der Wolkenbänke wahr, die sich dunkelgrau bis schwarz voneinander abhoben.

Sie verzog das Gesicht, räusperte sich.

„Na gut, wenn du meinst!", ließ sich Anna zu dem Abenteuer überreden.

Sie schlenderten zum Ufer, an das sanfte Wellen schlugen, und blickten aufs Wasser. Auch das Meer war tiefschwarz. Nicht einmal ein Fischerboot war zu sehen. Der bedeckte Nachthimmel verschluckte nicht nur alle Farben, sondern auch jedes kleinste Licht. Sie liefen weiter, wobei sie bestrebt waren, nur ab und zu den Lichtkegel ihrer

Taschenlampen über den Boden schweifen zu lassen. Meistens gingen sie im Dunkeln, denn sonst sei es ja kein richtiges Abenteuer, argumentierte Jonas.

Sie zögerten, als sie den Klippenpfad erreichten, denn es war ungewöhnlich dunkel. Aber bald hatten sich ihre Augen an das sternenlose Schwarz der Nacht gewöhnt, zumal sie ja schon mehrmals diesen Weg zurückgelegt hatten. Das letzte Mal erst vor zwei Tagen mit Gitti und Stefan.

Sie sahen sogar die zackigen Felsen, die vor dem Wasser emporragten und es begrenzten, ohne ihre Taschenlampen einzuschalten. Obwohl der Pfad schmal war, gingen sie nebeneinander und hielten sich an den Händen.

An der nächsten Biegung schäumte das Meer und Anna dachte an das Wellenmädchen *Unn* in der skandinavischen Mythologie, eine von *Ráns* Töchtern hieß die Schäumende.

Danach, als sie abermals eine Kurve überwunden hatten, präsentierte sich das Wasser mit einem Mal wieder ganz glatt.

Ihre Augen hatten sich an die Dunkelheit gewöhnt. Da sahen sie es. Anna bemerkte es als Erste. Hellblau bis grünlichblau leuchtende kleine Punkte schienen am Wasser zu tanzen, immer an der gleichen Stelle.

„Schau, sind dort Taucher?", fragte Anna überrascht.

Sie fixierten die Stelle, konnten aber keine Taucher erkennen.

„Vielleicht sind dort Felsen, die fluoreszieren?"

„Du meinst, sie haben tagsüber das Licht der Sonne aufgenommen und es gespeichert, um es nachts wieder abzugeben?"

Anna konnte keine Felsen unter der Wasseroberfläche ausnehmen.

„Was soll das denn für ein Gestein sein?"

Ungläubig starrte sie aufs Wasser. Sie dachte angestrengt nach, bis sie sagte:

„Heißt das dann nicht phosphoreszieren, wenn keine Lichtquelle mehr vorhanden ist und die Dinge im Dunkeln immer noch leuchten? Wir sitzen jetzt schon eine ganze Weile hier zwischen den Felsen und beobachten die Leuchtpunkte. Fluoreszierendes Licht ist flüchtig ..."

„Wenn du es sagst!"

Fast machte es Jonas verlegen, dass er diese beiden Begriffe verwechselt hatte.

Manchmal bewegten sich die fünf leuchtenden Punkte Richtung Ufer, dann zogen sie sich wieder an die ursprüngliche Stelle zurück.

„Sie bewegen sich ja!", flüsterte Anna, der es sogleich unheimlich zumute wurde.

„Aber nein, schau, das sind nur die Wellen, die das Wasser bewegen. Beim Zurückfließen der Wellen kommen auch die hellleuchtenden Punkte wieder an ihre Ausgangsposition zurück", erklärte ihr Jonas.

„Aber weißt du was", fuhr Anna fort, „das könnten auch kleine Meeresbewohner sein, die aus sich selbst das Licht erzeugen, so wie etwa Glühwürmchen oder Junikäfer."

„Ja, davon hab' ich schon gehört, das nennt sich Biolumines..."

„Biolumineszenz, da spricht man zum Beispiel von biolumineszierenden Algen, winzig-kleinen Algen, die dieses Licht erzeugen", wusste Anna.

„Aber das kommt normalerweise nur in sehr warmem Wasser vor, in Mexiko oder in Thailand zum Beispiel. Da liegen bei Neumond, wenn es ganz dunkel ist, an einigen Stellen riesige Leuchtteppiche nachts auf dem Meer. Das hab' ich einmal im Fernsehen gesehen."

„Ja, aber hier? Ich meine, das Wasser ist schon warm, aber in der Karibik oder im Indischen Ozean hat es doch Badewannentemperatur!"

Anna blickte ungläubig aufs schwarze Wasser, in dem die leuchtenden Punkte jetzt an der Stelle verharrten. Im selben Augenblick nahm sie aus den Augenwinkeln Jonas wahr, der in Windeseile sein Poloshirt über den Kopf gezogen hatte und bereits auf dem Felsen neben der Kuhle stand, in der sie sich niedergelassen hatten, um das Meer im Auge zu behalten.

„Nein!", rief sie panisch.

Sie hörte gerade noch seine Worte „Ich muss das jetzt herausfinden!", als sie schon das Aufklatschen im Wasser vernahm. Zum Glück war er nicht kopfüber ins Wasser gesprungen. Sollten sich dort nämlich Felsen befinden, phosphoreszierende Felsen, wäre das lebensgefährlich.

Jonas tauchte ein paar Meter, bis er ungefähr zu der Stelle gelangte, an der sich die Leuchtpunkte im Meer befanden.

Sein Kopf hob sich vom schwarzen Wasser ab, als er wieder auftauchte.

„Nein, hier sind keine Felsen, somit ist es kein phosphoreszierendes Gestein!"

„Also tatsächlich so etwas wie die Glühwürmchen in der Luft", ergänzte Anna.

„Ja, offenbar biolumineszierende winzige Algen auch hier am Mittelmeer!"

„Aber komm' jetzt bitte wieder heraus! Pass auch auf beim Hochklettern, zwischen den Felsen könnten sich Seeigel versteckt halten!"

„Ich weiß!", antwortete Jonas, und im nächsten Augenblick hörte sie einen erstickten Schrei.

„Was ist", rief sie entsetzt, „ein Seeigel?" und überlegte blitzschnell, ob sie überhaupt eine Pinzette eingepackt hatte, um ihm die Stacheln herauszuziehen.

„Nein, ich habe mir den großen Zehen bloß an einer scharfen Felskante gestoßen", gab Jonas kleinlaut zu.

„Du Armer!", sagte sie mitfühlend, obwohl sie dachte: „Was musste er auch hier in der Dunkelheit hineinspringen und sie in Angst und Schrecken versetzen!"

Dennoch umarmte sie ihn, als er pitschnass auf sie zuhumpelte, unsagbar froh, dass er wieder auf festem Boden bei ihr war. Ein Seufzer der Erleichterung huschte über ihre Lippen.

Auf dem Rückweg zum Campingplatz ließen sie die Lichtkegel ihrer Taschenlampen über den Boden tanzen, Lichtpunkte, die sich dorthin bewegten, wo Jonas und Anna sie hinschickten.

10

Die Meereshöhle

Ein sonnenklarer Tag unter einem azurblauen Himmel kam zum Vorschein, nachdem die frühmorgendlichen zarten Nebelschleier sich aufgelöst hatten.

Jonas, der schon vor dem Frühstück hinausgeschwommen war, als Erster und Einziger des gesamten Campingplatzes, mit kräftigen Schwimmzügen die spiegelglatte seidige Wasseroberfläche durchschnitten hatte, hielt sich heute, die Ufermauer zurücklassend, an der felsigen Abbruchkante der Steilküste auf. Man sah ihn mit einem Fischer diskutieren, der soeben seinen Fang hereingebracht hatte. Oder sollte man sagen, verhandeln? Immer wieder zeigte er auf das kleine Holzboot, dessen Farbe durch die Verwitterung abgeblättert war. Auch das Salzwasser hatte dazu beigetragen, dass man seine ursprüngliche Färbung nicht mehr richtig erkennen konnte. Schließlich schüttelten sie einander die Hand und Jonas lief beschwingt pfeifend Richtung Campingplatz.

Erst als er den Reißverschluss des Zelts aufziehen wollte, wurde ihm bewusst, dass er weder

Gebäck besorgt, noch sich um den Kaffee gekümmert hatte, was morgens seine Aufgabe war. Er lachte, das war ihm tatsächlich noch nie passiert.

Zehn Minuten später kam er zurück. Anna schlief immer noch, oder sie tat nur so, wollte wie Dornröschen wachgeküsst werden.

Als Jonas sich über sie beugte, benetzte sein nasses Wuschelhaar ihr Gesicht. Anna erschauerte, wollte sich aufsetzen, was nicht möglich war, da Jonas in seiner Position verharrte.

„Na gut!", sagte sie, legte sich zurück und schloss die Augen.

Jonas berührte mit seinem Mund ihre Lippen.

„Du schmeckst salzig!", rief Anna und lächelte.

„Ich habe eine Überraschung für dich!"

Sofort war sie hellwach,

„Eine Überraschung?", fragte sie neugierig.

Ganz zaghaft fing er an, ihr von der versteckten Meereshöhle an ihrem Küstenabschnitt zu erzählen, die er vor ein paar Tagen morgens entdeckt hatte. Um die Höhle schlängelte sich ein Gangsystem gleich zweier übereinanderliegender und miteinander verbundener röhrenartiger Gebilde aus Gestein, das zumindest morgens trockenblieb.

„Und wie sollen wir dort hingelangen? Etwa mit unserer rosaroten Luftmatratze die Küste entlangpaddeln?"

„Nein, der Fischer hier wird uns sein Boot leihen und wir können gemütlich das Ufer entlangrudern."

„Sein Boot leihen", wiederholte sie ungläubig, „wie hast du das denn angestellt?"

„Ich werde ihm dafür sein Boot neu streichen. Der Lack ist schon ganz abgesplittert."

„Oh!"

„Du brauchst keine Angst zu haben, Anna! Am Ufer ist zur Zeit der Ebbe das Wasser ganz flach. Und auch in der Höhle wirst du noch stehen können!"

„Ja?", flüsterte sie zögernd.

Als die untergehende Sonne den Himmel orangerot färbte und hinter dem Horizont verschwand, und das Meer sich zurückgezogen hatte, kletterten sie in Badehose und Bikini in das kleine Holzboot. Sie setzten sich hintereinander, jeder allein auf eine Holzbank.

Im Bug des Boots lag ein zusammengeschobenes grobmaschiges Fischernetz, in dem sich einige große, offenbar leere Muschelschalen zwischen Seegras verfangen hatten, die Anna unbedingt haben wollte.

„Schau, so große habe ich noch nicht. Hilfst du mir, sie herauszulösen?", bat sie Jonas.

Sie selbst zögerte hinzugreifen, da sie nicht sicher war, ob nicht womöglich doch die eine oder andere noch bewohnt war.

„Das machen wir, wenn wir wieder an Land sind. Dafür ist jetzt keine Zeit! Wir wollen doch die Ebbe nützen."

Jonas ruderte das Ufer entlang und Anna staunte, wie routiniert er sich anstellte.

Das Meer hatte ein Einsehen mit Anna, präsentierte sich von seiner sanftesten Seite. Kleine Wellen krochen über die Oberfläche, Möwen saßen weit draußen am Wasser. Daran, dass sie sich kaum bewegten, erkannte Anna, dass das Meer im Augenblick ganz ruhig war. Entspannt wartete sie darauf, was Jonas ihr zeigen wollte.

Plötzlich legte Jonas die beiden Ruder ins Boot hinein. Es schaukelte leicht, obwohl das Meer ganz glatt war. Nur da vorne, zwischen den Felsen bewegte sich etwas. Anna erschrak. Aber es war nur das Wasser, das in kleinen Wellen auf die verschieden geformten Steine traf und deshalb da und dort auf unterschiedliche Weise hochspritzte.

Jonas schob das Boot geschickt an den Felsen vorbei, erst lenkte er es, mit seinen Händen rudernd, etwas nach links, dann sofort nach rechts, und ehe sie sich's versahen, befanden sie sich in der geheimnisvollen Höhle.

„Oh!", staunten sie aufgeregt.

Sie waren in eine magische Welt vorgedrungen.

Die Wände der Meereshöhle flackerten in verschiedenen Blautönen und das Wasser war kristallklar. Sie reflektierten das Meer, in dem der Himmel lila und blau und jetzt mit einem Hauch von Orange badete.

Es gluckerte. Außerdem vernahmen sie ein Geräusch, als würden die Wände flüstern. Jonas vermutete darin das Echo des Wassers, verstärkt durch das umliegende, verschachtelte Gangsystem der Höhle.

Anna hielt sich an Jonas fest, aber Jonas löste sanft ihre Hand von seinem Arm. Er glitt über die Seitenwand des Boots ins Wasser und umkreiste es schwimmend.

Unter ihrem Boot, das jetzt ungefähr in der Mitte der Höhle lag, leuchtete das Wasser türkisgrün, nicht so hell wie das Meer in der Karibik, wie man es von Fotografien her kannte, einem wahren Sehnsuchtsziel für die meisten Menschen, sondern in einem dunklen Türkis.

Jonas holte sich Schnorchel und Taucherbrille aus dem Boot, obwohl Anna, die sofort wusste, was er vorhatte, entsetzt „Nein!" rief.

Sein Entdeckungsdrang und seine Neugierde sowie seine Abenteuerlust waren grenzenlos. Er musste ganz einfach herausfinden, warum das Wasser an dieser Stelle eine so dunkle Farbe hatte. Er schwamm darauf zu.

Anna hielt sich links und rechts am Bootsrand fest, umklammerte das Holz so heftig, dass ihre Fingerknöchel weiß hervortraten, und bemühte sich darum, nicht loszuschreien. Sie atmete gepresst, ihr Herz raste. Das Blut pochte in ihren Schläfen.

Jonas, der hinabgetaucht war, tauchte nur ein paar Augenblicke später wieder auf. Anna, die ebenfalls unbewusst die Luft angehalten hatte, atmete zischend aus, vor Erleichterung.

Er zog Taucherbrille und Schnorchel vom Gesicht und schwamm zum Boot, um Anna zu beruhigen, obwohl es ihm fast vor Aufregung die Sprache verschlug. Auch er atmete stoßweise.

„Anna, da unten, also unter dieser Höhle, befindet sich ein weiterer Raum, man könnte fast sagen noch eine Höhle. In der Mitte dieses unterirdischen Raums liegt ein geheimnisvoller See, dessen Wasser türkisgrün leuchtet."

„Noch mehr Wasser?", kam es von Annas Lippen, die kreidebleich geworden war. Und dann:

„Ich habe Angst, wenn rund um mich auf einmal so viel Wasser ist. Du hast gesagt, ich werde in der Höhle noch stehen können!"

„Ja, das kannst du hier ja auch. Bis auf diese eine Stelle in der Mitte."

Wieder gluckerte es und ein polterndes Geräusch ließ die ganze Höhle erzittern.

„Was ist das?", rief Anna in Panik.

Sie begann zu zittern, bemühte sich aber noch durch das Zusammendrücken ihrer Nasenflügel oben, die Tränen wegzudrücken. Jonas sollte es nicht sehen.

„Vielleicht die Wellen, die von außen an die Wände der Höhle schlagen."

„Oh, mein Gott! Wir müssen hier raus! Die Flut kommt!"

„Nein, so beruhige dich doch, Anna! Das kann nicht sein! Ich habe die Zeit genau im Auge behalten, mit meiner Taucheruhr. Wir sind noch keine Viertelstunde in der Meereshöhle."

Anna war ganz grün im Gesicht. Das musste das Licht hier drinnen sein, beschwichtigte sich Jonas, bis er sie in einem heiseren Ton, der tief aus ihrer Kehle kam, mit einer fremden Stimme sagen hörte:

„Ich schaffe das nicht. Ich bin erst neun Jahre alt!"

Jonas reagierte blitzschnell. Das musste das Trauma von damals sein. Er stieg vorsichtig ins Boot, ohne es zu sehr zum Schaukeln zu bringen, und lenkte es geschickt zwischen den Felsen hinaus, wobei er nur ein Ruder verwendete. Das Wasser war tatsächlich schon wieder etwas gestiegen.

Mit kräftigen Bewegungen ruderte er das Ufer entlang, half Anna fürsorglich beim Aussteigen, nahm die Schweißtropfen auf ihrer Stirn und die Spuren ihrer Tränen in ihrem Gesicht wahr, und führte sie zum Zelt.

„Wie geht es dir, Liebling?", fragte er sie mitfühlend.

Ihr Gesicht war blass, aber nicht mehr grün.

„Wenn das Wasser so tief ist, dass ich nicht stehen kann, drohen die Wellen über mir zusammenzuschlagen!", erklärte sie ihm jetzt ganz sachlich.

Jonas widersprach ihr nicht. Er nickte verständnisvoll, obwohl er nicht wusste, worum es sich handelte.

Vermutlich hatte ihre Angst mit dem zu tun, was sie als Kind am Meer in Schweden erlebt hatte. Es musste etwas Schlimmes gewesen sein. Aber er durfte nicht in sie dringen. Sie musste es ihm von sich aus erzählen.

Er nahm sich vor, noch einmal in die Höhle zurückzurudern, sobald Anna auf ihrer Liege am Strand in Sicherheit war.

„Kann ich dich noch ein bisschen allein lassen, Liebling?", fragte er fürsorglich.

„Ich möchte mich eine Weile hinlegen!"

Als er abermals die Meereshöhle mit dem Ruderboot erreichte, hob er den Kopf und entdeckte über sich am äußeren Rand des Raums einen Kranz spitz zulaufender und nachunten zeigender zerklüfteter Felsen von gelbbrauner Farbe. Wie eine Dornenkrone, kam ihm unwillkürlich in den Sinn.

Die Wände der Höhle leuchteten nun nicht mehr so blau, und es war ein leises Plätschern zu hören. Abermals blickte er hinauf. Oder waren es Stalaktiten? Konnte es sein, dass in einer Meereshöhle Stalaktiten wuchsen ohne den geringsten Hinweis auf ihr Pendant, die Stalagmiten? Er musste sich jetzt beeilen, hatte nicht viel Zeit, seine Überlegungen fortzuführen, wenn er das Höhlensystem heute noch inspizieren wollte.

Jonas tauchte mit Schnorchel und Taucherbrille durch das kreisrunde Loch der ersten Höhle in das intensive Grün hinab, nachdem er das Ruderboot an der hinteren Wand der Höhle abgestellt hatte.

Als er im unteren Raum der zweistöckigen Höhle den Boden mit seinen Zehen berührte, pflasterte ein Déjà-vu den Augenblick. Der Boden fühlte sich fast so an, als er als Kind barfuß über den Stainzerplatten-Weg im Garten der Oma seines Freundes gelaufen war, um an der Gartenpforte die Post vom Briefträger für Peters Großmutter in Empfang zu nehmen, die nicht mehr so gut bei Fuß war.

Er lief mit dem gutgenährten Peter um die Wette zur Gartentür, wobei er jeweils gewann, und konnte sich dadurch bei ihr lieb Kind machen, um öfter bei Peter zu sein, der in den Sommerferien viel Zeit bei seiner Oma verbrachte, da seine Eltern beide berufstätig waren.

Während des Hinuntertauchens bemerkte Jonas, dass dieser Teil der Höhle kleiner war. Vor ihm, in der Mitte des mit Meerwasser gefüllten Raums, lag beinahe kreisrund der See, der vorhin so intensiv dunkel türkis geleuchtet hatte. So wie die Wände der Meereshöhle oben schien auch er jetzt etwas an Farb-Intensität eingebüßt zu haben. Im Bruchteil eines Augenblicks erfasste er, dass das Wasser des unterirdischen Sees in der Mitte kälter war als das ihn umgebende Meerwasser. Oder bildete er sich das nur ein, da er kaum noch Atemluft hatte?

Jonas hielt beide Beine ausgestreckt fest aneinandergepresst, um schneller den Grund des

Sees zu erreichen. Er wartete. Es ging immerfort nach unten, bis der Auftrieb ihn wieder nach oben stieß. Er half mit seinen Armen nach, um schneller an der Oberfläche des Sees anzukommen.

Den Grund des Sees hatte er mit seinen Füßen nicht berührt. Er dürfte also tief sein. Er brauchte dringend Sauerstoff. Er musste hinauf!

Auch dieses Mal vernahm er beim Auftauchen ein Geräusch, das von oben zu kommen schien, und im nächsten Augenblick spürte er eine Erschütterung der Höhlenwände. Die Wellen, sagte er sich.

Er fand einen Eingang in das die Höhle umgebende Gangsystem, der wie ein Ventil wirkte, denn er konnte das erste Mal nach Luft schnappen. Hier war kein Wasser, obwohl die Wände des Ganges feucht waren. Er atmete ein paar Mal tief durch, wollte den schlauchförmigen Gang jedoch wieder verlassen, da er keine Ahnung hatte, wie er durch das komplexe Gangsystem wieder hinauf auf Meereshöhe kam.

Wieder ließ er sich ins Wasser und stieß sich vom Boden ab, um durch die größere Höhle nach oben zu gelangen, wobei ihm die herabzeigenden gelbbraunen Steinspitzen Orientierung waren. Geschafft! Dort wartete schon sein Ruderboot, das er heute, am späteren Abend noch zurückgeben wollte, da der Fischer frühmorgens bereits seinem Broterwerb nachgehen musste.

Er warf Schnorchel und Schwimmbrille hinein, sprang hintennach und ruderte zu den Felsen, die den Eingang und zugleich Ausgang der Meereshöhle markierten. Zum Glück konnte er deren obere Kanten noch ausnehmen, denn in der Zwischenzeit war das Wasser auch in der Höhle wieder um ein gutes Stück gestiegen, außerdem dämmerte es bereits.

Das war noch einmal gutgegangen. Nur schade, dass keine Zeit blieb beziehungsweise keine Atemluft, ein weiteres Mal in den mysteriösen See hinabzutauchen, um festzustellen, wie tief er tatsächlich war. Ob es sich bei ihm um eine unterirdische Quelle handelte oder um Grundwasser, konnte er nicht beurteilen. Auf alle Fälle, fand er, schmeckte sein Wasser viel weniger salzig, das hatte er sogleich bemerkt, als er sich nach dem Abenteuer die Lippen ableckte. Konnte das möglich sein?

Er müsste mit Sauerstoff-Flaschen wiederkommen, um Tiefe und Beschaffenheit des Sees herauszufinden, rumorte in seinem Kopf. Aber da er keine Tauchausbildung besaß, musste er das Unterfangen bleiben lassen. Und Höhlenforscher war er auch keiner, höchstens Hobby-Speläologe! Er war nur froh, dass er das doch recht kleine Loch in der Höhle an der Küste wiedergefunden hatte, das ihn durch seine intensive Farbe des Wassers an dieser Stelle hinuntergelockt hatte, da darunter der mystische See schimmerte.

Auf dem Weg hinauf wäre ihm fast die Luft ausgegangen. Sein Herz klopfte hart und schnell.

Später saßen Jonas und Anna an ihrem Lieblingsplatz, wo Waldrand und Ufersaum des Meeres ineinander übergingen. Jonas ergriff Annas Hand.

Er war plötzlich unendlich erleichtert, wieder bei ihr zu sein, denn er war sich bewusst, dass sein gewagter Alleingang in der Höhle auch schiefgehen hätte können; niemand wäre dagewesen, um Hilfe zu holen.

„Ich habe nicht gedacht, dass dich der Besuch der Meereshöhle so aufregen würde."

„Es war nur das kleine Loch in der Mitte, gerade dort, wo ich im Boot saß, wo das Wasser ungeahnte Tiefen vermuten ließ. Ich hatte das Gefühl, das Loch ziehe mich hinunter."

„Ich bin hindurchgetaucht und habe mich dann kerzengerade hinuntergelassen in den grünen See, den ich entdeckt hatte. Leider hat meine Luft nicht ausgereicht, um ganz bis zum Grund zu gelangen.

Anna begann plötzlich unregelmäßig zu atmen. Wirre Bilder tauchten vor ihren inneren Augen auf, schmerzschwarze Bilder von quälender Deutlichkeit.

Sie hatte damals auch nicht genug Luft, musste immer wieder auftauchen, nie war es ihr gelungen, bis zu ihm hinunterzugelangen. Tränen verschleierten ihren Blick, als Jonas sie anblickte. Obwohl es ziemlich dunkel war, sah Jonas ihre Augen im Mondlicht tränennass glänzen.

„Was hast du, Anna?", fragte er ganz leise, legte einen Arm um ihre Schultern und zog sie an sich.

„Willst du es mir nicht sagen?"

Sie dachte an den silbernen Anhänger an der Kette, den Jonas ihr letztes Jahr zu Weihnachten geschenkt hatte. Es war einer aus der Serie mit dem Pärchen „Liebe ist ..." Auf ihrem war in Schwarz eingraviert „... sich alles sagen können." Er hatte ihr die Halskette mit dem symbolischen Anhänger geschenkt, nachdem er eine Dummheit begangen hatte ...

Anna flüsterte:

„Ich war neun Jahre alt, als es geschah."

Jonas konnte nicht umhin, ihr zu antworten:

„Ich weiß!"

Annas Augen weiteten sich, als sie diese zwei Worte vernahm. Sie runzelte fragend die Stirn, bis Jonas fortfuhr:

„Du hast es in der Höhle gesagt!"

„In der Höhle? Was habe ich dir erzählt?"

Offenbar hatte sie nicht rechtzeitig gemerkt, dass sie sich im Irrgarten der Bilder verlaufen hatte.

„Leider noch gar nichts! In deiner Angst hast du gesagt, dass du erst neun Jahre alt seist."

Jetzt lachte Anna laut auf. Sie konnte nicht glauben, dass sie damals mit heute verwechselt hatte. Denn so musste es wohl sein, wenn Jonas es sagte.

Ungläubig schüttelte sie den Kopf und sah ihn an, das Gesicht mit zusammengekniffenen Augen zu einer Grimasse verzogen. Sie wischte sich über die Stirn, wo sie zarte Härchen kitzelten.

„Dann wirst du gedacht haben, ich sei verrückt geworden?"

„Aber nein, ich habe mir gedacht, dass das schreckliche Erlebnis von damals dir dein Bewusstsein getrübt hat und du mit einem Mal das Gefühl hattest, dich in deiner Kindheit wiederzufinden."

„Ja, so ähnlich muss es wohl gewesen sein", erklärte sie ihm nun in klaren Worten, während sich ihr Gesicht wieder entspannte, obwohl sie keine Erinnerung daran mehr besaß.

Dass er so einfühlsam war und so logisch kombinierte, tat ihr gut. Anna musste an seine Mutter denken. Obwohl sie schon fast vierzig war, als sie ihn gekriegt hatte, und gar nicht so begeistert, als Geschäftsfrau in ihrem Alter noch ein drittes Kind großzuziehen, hatte sie ihn zu dem einfühlsamen und höflichen jungen Mann erzogen, den sie liebte.

„Anna, du bist plötzlich so still!"

„Ich habe gerade daran gedacht, was für ein Glück ich eigentlich habe!"

„Glück? Womit?"

„Dass ich dich kennengelernt habe!"

„Ich weiß nicht!", stammelte Jonas verlegen und fast etwas schüchtern.

„Ich weiß es aber", betonte nun Anna mit fester Stimme, „Jonas, du tust mir gut!"

Hand in Hand und die Finger ineinander verschlungen gingen sie zurück zum Zelt.

Als Anna nachts erwachte, wurde ihr bewusst, dass sie im Halbschlaf darüber nachgedacht hatte, wie rücksichtsvoll Jonas war, wie liebevoll und verständnisvoll, auch anderen gegenüber. Es war wohl an der Zeit, ihm zu erzählen, was sie seit

Kindheitstagen an belastete, hieß es doch *Geteiltes Leid sei halbes Leid.*

11

Die Lektüre

Am nächsten Vormittag lagen sie am Strand nebeneinander, ihre Liegebetten hatten sie zusammengeschoben, und jeder las ein Buch. Wie ein altes Ehepaar, kam Anna in den Sinn, und sie schmunzelte. Sie wunderte sich, dass Jonas nicht einmal frühmorgens hinausgeschwommen war. Bis ihr einfiel, dass er schon gearbeitet hatte, während sie noch in Morpheus' Armen ruhte. Er hatte die alte Lackfarbe des Fischerbootes abgezogen.

Jonas las in seinem Buch weiter, das das Leben des berühmten französischen Mathematikers *Blaise Pascal* aufzeichnete.

Nachdem sein Vater zum königlichen Kommissar und obersten Steuereinnehmer für die Normandie in Rouen bestellt worden war, erklärte Jonas Anna, entwickelte sein Sohn mit kaum neunzehn Jahren für ihn eine mechanische Rechenmaschine, die auf der Basis von Zahnrädern funktionierte und für die er sogar ein Patent erhielt.

„Und wir glauben immer", sagte Jonas, „technischer Fortschritt sei das Privileg und die größte

Errungenschaft unseres Jahrhunderts, für die wir uns feiern lassen."

„Wieso? Wann hat *Blaise Pascal* denn gelebt, etwa schon im 19. Jahrhundert?"

„Du wirst es nicht glauben, er hat seine Rechenmaschine im Jahr 1642 erfunden, also bereits im 17. Jahrhundert!"

„Das ist tatsächlich faszinierend, und wir denken, wir hätten die Weisheit mit dem Löffel gefressen, vor allem was den technischen Fortschritt anbelangt."

„Nicht nur in der Technik, auch was philosophische Fragen betrifft oder die Religion, hatten die Menschen schon damals ein großes Wissen. Genauso Verstand und logisches Denken, unbeeinflusst vom Fernsehen. Ich denke da an *Pascal*. Er hat auf all diesen Gebieten geforscht und Werke veröffentlicht. Seine Biografie ist hochinteressant! Leider ist er schon mit neununddreißig Jahren gestorben."

„Das ist aber früh!"

„Ja, du weißt, die medizinische Versorgung war damals noch nicht so gut wie heute. In diesem Bereich lag wirklich einiges im Argen. So gab es auch noch keine Impfungen, auch das Penicillin wurde erst später erfunden ..."

Anna sah Jonas erschrocken an.

„Wenn es nicht erfunden worden wäre, würde deine Schwester vielleicht noch leben?", flüsterte sie unsicher.

„Ach, das glaube ich eher nicht. Ihr Asthma war wirklich ziemlich schwer, wenn ich meinen Eltern glauben darf. Etwas hätte sie gebraucht, ein geeignetes Medikament. Aber es hat eben damals noch nichts wirklich Wirksames gegen die gefährlichen Erstickungsanfälle gegeben. Außer das Penicillin, um die permanente Entzündung in der Luftröhre zu behandeln. Anderen Menschen hatte es ja geholfen, aber Karin eben nicht."

„Ja, und wenn du ehrlich zu dir bist … der Arzt konnte ja nicht wissen, dass sie gegen dieses Medikament allergisch war."

„Natürlich nicht! Aber sag das einmal meinen Eltern!"

„Heute behandelt man Asthma-Anfälle mit einem Cortison-Spray", wagte Anna sich vor.

Jonas sah sie an und fügte hinzu:

„Auch damals hat es bereits Cortison gegeben!"

„Hm!"

Anna wandte sich wieder ihrer eigenen Lektüre zu. Eigentlich sollte sie *Das andere Geschlecht* von *Simone de Beauvoir,* der Geliebten von *Jean-Paul Sartre,* auf Französisch lesen. Aber hier am Strand wollte sie sich entspannen, außerdem fand sie die philosophischen Gedanken *Beauvoirs* auf Französisch zu schwer. Vielleicht las sie es ein anderes Mal noch auf Französisch, wenn sie es zuerst auf Deutsch gelesen hatte.

„Du, Jonas?"

„Ja?"

„Eine Kernaussage von dem Buch lautet: ‚Man wird nicht als Frau geboren, man wird zur Frau gemacht.' Damit meint *Simone de Beauvoir* wohl die Rollenverteilung zwischen Mann und Frau. Diese war lange Zeit in Frankreich sehr starr, wohl auch in Österreich. Aber in Frankreich durften die Frauen noch länger nicht zur Wahl gehen, da man davon ausging, dass sie den Männern intellektuell unterlegen wären."

„Frankreich war eines der letzten Länder in Europa, das die Frauen nicht wählen ließ", betonte Jonas.

„Ja, in Frankreich durften Frauen erst ab 1946 bei einer Wahl ihre Stimme abgeben. In Portugal sogar erst ab 1974, also seit vier Jahren. Das mag man sich gar nicht vorstellen!"

„Das habe ich nicht gewusst, dass Portugal mit dem Frauenwahlrecht noch später dran war."

„Das war aufgrund der politischen Situation. Gab es nicht bis dahin eine Diktatur in Portugal? Ich glaube, sie wurde damals beendet, mit einer

Revolution, die nach irgendeiner Blume benannt ist. Keine Ahnung!"

„Ui, das weiß ich jetzt nicht. Da müssen wir zu Hause im Lexikon nachschlagen."

„Und was die Rollenverteilung zwischen Mann und Frau betraf, gab es sie bei uns in Schweden gar nicht, zumindest nicht, solange ich mich zurückerinnern kann. Hanns Leo, also mein Vater, hat von Anfang an uns Kinder gewickelt und gefüttert, genauso wie Annika, zumindest bei Moritz weiß ich es noch genau. Das war für schwedische Männer gar nichts Besonderes. Sowie auch Mann und Frau beide berufstätig waren, auch den Haushalt hatten sich meine Eltern sowie die Eltern meiner Schulfreundinnen geteilt. Vormittags, wenn beide Eltern bei der Arbeit waren, gab es manchmal eine Hilfe. Ich kann mich noch gut erinnern, wie wir alle zusammen Samstag vormittags die Wohnung geputzt haben. Das war sogar ein Riesenspaß. Manchmal sind wir danach Pizza essen gegangen."

„Das war sicher sehr lustig! Meine Mutter hat immer auch gearbeitet. Aber während sie im Geschäft war, hat mein Vater oben in der Wohnung auf mich aufgepasst."

„*Simone de Beauvoir* meint in ihrem Werk auch schon die Rollenverteilung bei kleinen Mädchen und Buben. Hanns Leo hat mir erzählt, dass er nicht mit Inas Puppen spielen durfte, und sie nicht mit seinen Lego-Bausteinen. So braucht man sich ja nicht zu wundern, dass Väter oft nichts mit ihren kleinen Kindern anfangen können, da sie doch im Spiel nicht üben durften. Und genauso wenig darf man sich fragen, weshalb Mädchen so selten technische Berufe ergreifen. Das liegt einzig und allein an ihren Eltern, die ihr Verhalten wiederum unreflektiert von ihren eigenen Eltern übernommen haben, die es nicht besser wussten."

„Naja, aber du darfst die Großeltern nicht als dumm verurteilen, sie folgten nur der jahrhundertealten Tradition. Und für sie war das vermutlich auch gut und richtig so. In den Kriegszeiten mussten die Frauen sowieso noch früh genug beweisen, dass sie die Arbeiten und Pflichten ihrer Männer übernehmen konnten. Es ist ihnen auch gar nichts anderes übriggeblieben."

„Du hast Recht!", warf Anna ein.

„Irgendwann muss diese anachronistische Tradition jedoch durchbrochen werden, wenn sich die Menschheit weiterentwickeln will", fügte Jonas hinzu. „Übrigens ist *Blaise Pascal* nach seinem Tod obduziert worden, da man nicht genau feststellen konnte, woran er gestorben war. Neben organischen Krankheiten war auch sein Gehirn beschädigt, stellte man fest.

Und trotzdem hat er in so vielen Bereichen, zum Beispiel auch in der Physik, Großartiges geleistet."

„Tatsächlich?"

„Ja, aber er litt fast sein ganzes Leben lang an Kopfschmerzen."

„Das muss schlimm gewesen sein! Der Arme!"

„Die ersten biografischen Aufzeichnungen über ihn stammen übrigens von seiner um drei Jahre älteren Schwester. Seine jüngere Schwester ist ein Jahr vor ihm gestorben, schon mit sechsunddreißig Jahren."

„Auch so jung!", entfuhr es Anna. „In manchen Familien scheint es in der Familie zu liegen, dass die Mitglieder vermehrt jung sterben. So wie andere Familien wieder das Unglück permanent anziehen. Es wirkt oft wie ein Fluch, der sich über Generationen hinweg weiterspinnt", setzte sie stockend fort.

Das veranlasste Jonas endgültig dazu, sein Buch zuzuklappen. Er blickte sie mitfühlend an. Er hatte sofort verstanden, dass sie jetzt von ihrer eigenen Familie sprach.

Seine Hand tastete hinüber zu ihrer, umschlang ihre Finger.

„Du? Waren *Sartre* und *Simone de Beauvoir* nicht irgendwie miteinander *verbandelt?*", fragte Jonas.

„Ja, sie war seine Geliebte und sie lebten eine lebenslange Partnerschaft. Sie waren beide Schriftsteller und Philosophen und haben sich gegenseitig inspiriert und beeinflusst."

„*Sartre* hat doch den Nobelpreis für Literatur verliehen bekommen? Da war doch was?"

„Ja, du hast Recht! Was du alles weißt! Aber er hat ihn nicht angenommen."

„Weshalb das denn?", staunte Jonas.

„Er wollte nicht institutionalisiert werden. Deshalb hat er auch seine Liebe zu *Simone de Beauvoir* nie offiziell gemacht, sie nicht geheiratet."

„Hm!", war von Jonas zu vernehmen.

„Ja, er war wirklich dumm. Später hätte er das Preisgeld nämlich gerne gehabt. Aber da war nichts mehr zu machen. Das Geld war wieder zurück in die Stiftung geflossen."

„Soviel ich weiß, wurde der Nobelpreis für Literatur zwei weitere Male nicht sofort angenommen. Der eine war *George Bernard Shaw*, der ihn zuerst abgelehnt hatte, er konnte dann aber doch davon überzeugt werden, ihn anzunehmen. Und der andere war der Autor von *Doktor Schiwago*. Hast du den Film gesehen, Anna?"

„Der Autor hieß *Boris Pasternak*. Er durfte den Nobelpreis auf Druck der Sowjetregierung hin nicht annehmen. Ja, natürlich habe ich den Film gesehen. Noch in Schweden mit Annika. Wir haben alle beide geweint, und die Taschentücher sind uns ausgegangen ... Und du?"

„Ich habe ihn damals mit Gisela gesehen."

Gisela war Jonas erste Liebe gewesen. Sie lernten sich kennen, als sie beide sechzehn Jahre alt waren.

Seine Mutter hatte das lange blonde Haar des Mädchens sehr bewundert. Als sie ihr das erzählte, hatte sich Anna geärgert, zumal ihre Frage daraufhin lautete: „Sind Sie jüdisch, Fräulein Anna? Nicht dass ich Vorbehalte hätte, aber ..." Dabei besaß Jonas Mutter selbst ganz dunkle Haare! Dieses Gespräch mit seiner Mutter hatte sie Jonas gegenüber nie erwähnt. Es war auch ohne Bedeutung.

„Weißt du Genaueres darüber, warum *Boris Pasternak* den Literaturnobelpreis nicht annehmen durfte?", forschte Jonas nach.

„Ja, der Roman *Doktor Schiwago* wurde von Moskau abgelehnt, er durfte nicht erscheinen, weil er die russische Geschichte des 20. Jahrhunderts beschrieb, ohne ein Blatt vor den Mund zu nehmen. Dennoch war er im Westen unter abenteuerlichen Umständen veröffentlicht worden, in die sogar der amerikanische Geheimdienst involviert war."

„Arg!"

„*Pasternak* sollte nach der Ehrung in Stockholm vernichtet werden. Man verglich ihn mit einem Schwein, das im Gegensatz zu ihm, niemals den Ort besudelt, wo es frisst und schläft. Es lief eine regelrechte Hetzkampagne gegen ihn, er musste um sein Leben fürchten", wusste Anna.

„Ist das Buch überhaupt jemals in der Sowjetunion veröffentlicht worden?"

„Bis jetzt noch nicht!"

„Das muss man sich einmal vorstellen! Da schreibt ein Schriftsteller zehn Jahre lang an einem Roman – es waren doch zehn Jahre? -, der im Westen auf abenteuerliche Weise veröffentlicht wird, bald zu einem Bestseller avanciert und sogar verfilmt wird, aber im eigenen Land nicht einmal erscheinen darf!"

„Dass er zehn Jahre daran geschrieben hat, habe ich auch irgendwo gelesen. - Du weißt, das Sowjetregime ..."

„Wir können froh sein, im Westen zu leben!"

„Das stimmt wohl!"

Auch Anna hatte ihr Buch zugeschlagen. Sie blickten beide aufs Meer und schwiegen.

Vor ihnen zog eine junge Mutter mit blonden Haaren zwei kleine Kinder an ihren Schwimmreifen weiter hinaus ins Wasser. Eine der Schwimmhilfen war hellblau, die andere rosa. Ob es sich hier um einen Buben und ein Mädchen handelte? Das wollte sie nun genau wissen ... ob sich hier die den Geschlechtern zugedachte Farbe oder Rolle weiterspann?

Anna beobachtete das Dreiergespann. Wo blieb eigentlich der Vater?

Nach einer Weile stiegen die Wassernixen wieder heraus. Jetzt erkannte sie, dass es sich bei den beiden Kindern um zwei Mädchen handelte. Anna atmete erleichtert auf. Das Rollenklischee hatte sich nicht erfüllt.

„Jonas, hast du das gesehen?"

„Ja, ich habe infolge unseres Gesprächs auch gebannt beobachtet, ob ein Bub im hellblauen Schwimmreifen sitzt und ein kleines Mädchen im rosaroten!"

Er lachte befreit auf.

Anna lächelte in Gedanken vor sich hin und freute sich unbändig darüber, dass er ihre Gedankengänge so verinnerlicht hatte.

Nach einer Weile, in der beide stumm blieben und jeder seinen Gedanken nachhing, sagte Jonas zaghaft:

„Anna, jetzt sind wir nur noch drei Tage hier. Willst du nicht versuchen, wenigstens ein paar Meter mit mir zu schwimmen? Wir verstehen uns doch so gut. Ich werde die ganze Zeit neben dir sein und dich beschützen. Du kannst mir vertrauen."

Anna sah ihn mit weit aufgerissenen Augen an, in denen Jonas ihre Angst lesen konnte, und er bereute sofort seine unbedachten Worte. Wider Erwarten sagte Anna:

„Ja!"

Anna und Jonas ließen sich mit den Beinen voraus über die Ufermauer hinunter. Jonas legte sich im Wasser sofort auf den Rücken, nachdem er die Gruppe Felsen vor sich überwunden hatte.

„Komm, Liebling! Ich bin da!", lockte er Anna mit sanften Worten, indem er sich nicht von der Stelle bewegte und ihr unverwandt in die Augen blickte. Sie sah ihm nicht in die Augen, nahm ihn selbst nur schemenhaft wahr, musste sich jetzt voll und ganz auf ihre Umgebung konzentrieren, das Wasser, die Wellen, die Felsen, und ihre Angst bändigen. Sie stand etwa zwei Meter entfernt aufrecht vor ihm und zögerte, sich ins Wasser zu lassen. Anna fixierte Jonas Augen, holte tief Luft, als wollte sie tauchen, und plötzlich gab sie sich einen Ruck, ging in die Hocke und legte sich flach aufs Wasser. Jonas sah sie weiterhin an, während er unmerklich seinen Körper weitergleiten ließ.

Anna machte die ersten Schwimmbewegungen. Aber noch konnte sie stehen, falls es sein musste; das wusste sie und das wusste Jonas. Er bewegte sich weiter, ohne dass sie es merkte. Sie folgte ihm zögerlich. Jonas, der jetzt auf dem Bauch lag und in ihre Richtung blickte, streckte ihr beide Hände entgegen, und mit einem Mal war sie neben ihm. Ihre Hände lösten sich von seinen. Sie machte schöne Schwimmzüge, stellte er fest, und er dachte an den Badetag mit Gitti und Stefan am Sandstrand.

„Noch ein Stückchen!", ermunterte sie Jonas.

Gehorsam tat sie, was er ihr sagte.

Und wieder hielt er ihr eine Hand hin, die sie kurzzeitig ergriff.

„Ich bin bei dir!", versicherte er ihr.

Zwei, drei Tempi schwamm sie neben ihm. Dann, von einem Moment zum anderen, begann sie mit den Beinen unruhig zu strampeln, schlug wild um sich, so als würde sie straucheln. Sie hatte bemerkt, dass sie keinen Boden mehr unter den Füßen hatte, wendete und strampelte Richtung Ufer.

Jonas konnte nichts tun. Zirka fünf Meter war sie mit ihm geschwommen. Ein kleiner Anfang. Er schwamm ihr nach.

„Tüchtig warst du, Anna! Das hast du gut gemacht!"

Sie lächelte ihn schüchtern an, war aber ganz blass im Gesicht.

Jonas beschloss, vorerst bei ihr am Strand zu bleiben. Sie setzten sich auf ihre Liege und Jonas streichelte ihre Hand, die auf seine Liege gerutscht war. Annas Finger waren eiskalt. So lagen sie nebeneinander da und jeder machte sich insgeheim Vorwürfe. Jonas, dass er ihr vorgeschlagen hatte, mit ihm ein paar Meter zu schwimmen, und Anna, dass sie es wieder nicht geschafft hatte …

12

Ein neuer Morgen

Morgens waren Wolken vor die Sonne gerutscht. Die Luft fühlte sich drückend an, das Meer überzog an der Oberfläche ein gelblicher, fast goldfarbener Schimmer.

Anna wünschte sich, diesen Augenblick mit einem Pinsel festzuhalten. Aber sie besaß weder Pinsel noch Farbe und wahrscheinlich auch nicht das nötige Talent, um die einmalige morgendliche Stimmung auf Papier zu bannen, die nur einen Wimpernschlag lang währte.

Die Morgensonne, die sich mittlerweile durch die Wolken gebrannt und einen blauen Himmel zum Vorschein gebracht hatte, ließ sie beschwingt zum Strand laufen. Alles schlief noch, auch Jonas.

Anna betrat die bröckelnden Steinstufen neben der Ufermauer und ließ sich behutsam ins Meer gleiten, das ganz flach vor ihr lag. Sie streckte die Arme vor und schwamm ein Stück weit, befand sich bereits vor der Steingruppe im Wasser, als eine junge Möwe auf dem Felsen neben ihr landete. Dunkle Vogelaugen blickten in braune Menschenaugen, die sich auf gleicher Höhe befanden.

Anna fand das so komisch, dass sie unvermittelt lachen musste. Das Möwenküken schien keine Angst vor ihr zu haben und sah ihr nach, als sie mit sanften Bewegungen weiter hinausschwamm, immer darauf bedacht, die junge Möwe nicht zu erschrecken oder womöglich anzuspritzen. Sie schwamm mit ruhigen Bewegungen weiter und hatte vollkommen vergessen, darauf zu achten, ob sie hier überhaupt noch Boden unter den Füßen hatte. Sie blickte durch das Wasser nach unten und sah in dem Moment einen Schwarm kleiner silbergrauer Fische unter sich vorbeiziehen. Das war schön! Sie wusste, dass sie in Formation schwammen, um vor Räubern geschützt zu sein, so wie auch die Soldaten beim Militär oder im Krieg in Formation vorwärtsstürmten. Jetzt konnte sie Jonas verstehen, der immer schon am frühen Morgen mit seiner Taucherbrille unterwegs war.

Ein weiteres Mal legte sie den Kopf flach aufs Wasser, so dass nur die Augen heraußen blieben. Ein schwarzer Fisch huschte an ihrem Unterschenkel vorbei, so nahe, dass sie nicht sagen konnte, ob er sie berührt oder sie nur die Bewegung des Wassers gespürt hatte.

Anna blickte hoch und sah das Meer vor sich glitzern. Es blendete sie so stark, dass sie kurz die

Augen schloss. Dabei bemerkte sie, dass sie das Wasser sogar trug, ohne dass sie regelmäßige Schwimmbewegungen machte. War das herrlich! Sie legte sich auf den Rücken und ließ sich im Wasser treiben.

Mit einem Mal schwappte eine kleine Welle heran und spritzte ihr ins Gesicht. Auf ihren Lippen spürte ihre Zunge das Salz des Meerwassers. Das Meer war hier viel salziger als in ihrer Heimat.

Immer noch schwamm sie mit einem Gefühl der Unbeschwertheit dahin. Sie sah auf das glitzernde Meer vor sich, beobachtete die Fische unter sich und auf einmal flutschte die Wendung *Leichtigkeit des Seins* durch ihren Kopf. War es das, was sie fühlte?

Jonas, der Anna zuerst in den Waschräumen gesucht hatte, dann an den Getränke-Automaten bei der Rezeption, lief mit Schnorchel und Taucherbrille an den Strand.

Als er eine dunkelhaarige Frau ganz allein im Meer schwimmen sah, versteckte er sich hinter einer Liege. Er ging in die Hocke, um sie ungesehen zu beobachten. Diese legte jetzt ihren Kopf flach aufs Wasser und schien in die Tiefe zu starren. Danach drehte sie sich auf den Rücken und paddelte mit den Armen. Na sowas! Das schien tatsächlich seine Anna zu sein. Er konnte es nicht glauben. Fassungslos blickte er aufs Meer.

Jetzt trieben einige Wellen vom offenen Meer herein in die Bucht. Erste Motorboote waren hinausgefahren. Angst erfasste Jonas. Mit gemischten Gefühlen verfolgte er mit den Augen die Gestalt im Wasser. Sie drehte sich auf den Bauch und wendete sich zugleich in einer einzigen Bewegung um, schwamm jetzt Richtung Strand. Noch immer waren ihre Bewegungen rhythmisch. Sie schien keinen Stress zu verspüren. Jonas schlug sich mit seinem Handrücken auf die Stirn. Unmöglich! Das konnte nicht seine Anna sein!

Er wollte sich schon erheben, sich aus seiner erstarrten Position in der Hocke befreien, als er beobachtete, dass die junge Frau nun in die Richtung der Steintreppe neben der Ufermauer schwamm. Völlig locker und beschwingt stieg sie heraus. Jonas sah ihren tropfnassen Pferdeschwanz um ihre Schultern schwingen.

Anna lief auf ihn zu, nachdem er aufgestanden war. Ein glückliches Strahlen lag auf ihrem Gesicht. Er umarmte sie stürmisch, wenn ihm auch die Worte fehlten.

Überglücklich stand sie da, die Sonne in den Augen und umhüllt von einem neuen Selbstbewusstsein.

Später sagte sie zu Jonas:

„Weißt du, ich würde zu gern wissen, ob schon damals etwas war zwischen den beiden, Annika und Gunnar Larson. Das beschäftigt mich immerzu."

„Gunnar Larson?"

Den Namen hatte sie schon einmal erwähnt. Jonas bemühte sich sehr darum, ihr zu folgen, ihre Fragen bestmöglich zu beantworten. Aber er wusste doch so wenig!

„Ja, das ist der Mann, mit dem meine Mutter zusammenlebt. Er ist schon ziemlich bald nach dem Fortgehen meines Vaters bei ihr eingezogen, also zu uns in die Wohnung in Stockholm gezogen. Annika kannte ihn schon lange, er war ihr Jugendfreund."

„Hm! Weißt du, das Leben zieht Kreise, verläuft eben nicht geradlinig. Man kann nie vorhersehen, was passieren wird, welche Begegnungen noch auf uns zukommen."

„Als ich neun Jahre alt war, war er auch schon bei Annika, lag ausgestreckt auf dem Wohnzimmersofa."

„Hast du nicht gesagt, dass deine Mutter im Sommerhaus auf der Insel Privatpatienten empfing, die zu Therapiestunden zu ihr kamen?"

„Ja, doch! Aber gerade Gunnar Larson?"

„Vielleicht hatte er eine Sportverletzung oder Ähnliches, musste gezielte Übungen machen und kam deshalb zu deiner Mutter?"

„Das kann schon sein! Aber warum gerade er?"

„Mein Gott, Anna!"

„Und warum trug meine Mutter an diesem Tag ihr schönstes Kleid? Warum hatte sie ihr Haar nicht zusammengebunden, wie sonst immer für ihre Therapien?"

„Du stellst Fragen!"

„Ja, es beschäftigt mich immer mehr. Damals hatte ich dem nicht so viel Bedeutung beigemessen. Heute sehe ich alles mit anderen Augen. Ich erkenne immer mehr Details."

„Diese Dinge fragst du Annika, ich meine, deine Mutter, am besten selbst! Aber warum ist denn das alles so wichtig?"

Anna, die die Luft angehalten hatte, atmete geräuschvoll aus, seufzte.

„Ich will ganz einfach wissen, ob zwischen den beiden damals schon etwas war!"

„Wenn Amor seine Pfeile abschießt und mitten ins Herz trifft, sind wir Menschen dagegen machtlos!"

Jetzt war Anna den Tränen nahe.

„Annika und Hanns Leo waren doch verheiratet, hatten Kinder ..."

„Aber Anna! Ist das denn jetzt so wichtig? Würde das denn etwas ändern."

„Jonas, du verstehst es nicht! Es würde *alles* ändern!"

Ihre Worte rollten wie Steine hervor, fest, aber leblos. Jonas sah sie unverwandt an. Er biss sich auf die Lippen und schluckte die Worte, die ihm auf der Zunge lagen, hinunter. Nein, er verstand wirklich nichts, sie hatte ihm ja nichts erzählt, noch immer nicht. Anstatt etwas zu erwidern, breitete er die Arme aus.

„Komm her, Liebling!"

Einen Augenblick lang stand sie ganz still, ihr Herz hämmerte schnell und heftig gegen die Rippen. Dann ließ sie sich in seine Arme fallen, Tränen liefen über ihr Gesicht, die er versuchte mit seinen Küssen einzufangen.

Während sie mit weit aufgerissenen Augen das Wasser anstarrte, tasteten sich ihre Gefühle stumm an Dinge heran, die mit Worten nicht ausgedrückt werden konnten.

Sie lauschte in ihrem Inneren auf das leise Plätschern der Wellen, wenn sie ans Ufer schwappten, um sich zu beruhigen.

Dann zuckte ihr Blick wild umher, schwankte zwischen damals und heute, ihre Gefühle wanden und verwirrten sich in ihrem Inneren. Mit einem

Mal dachte sie an jene sonnendurchfluteten Ferien im Sommerhaus ihrer Großmutter in den Schären und erinnerte sich an das Meer, wenn Licht und Schatten auf der Oberfläche spielten.

Jonas strich ihr eine verirrte Haarsträhne von der Wange und deutete auf das leuchtende Blau der Bucht.

Er konnte nicht zulassen, dass die Vergangenheit ihren Tag umwölkte, der so erfolgreich begonnen hatte.

„Genau solch ein Blau!", flüsterte sie.

Wieder verstand Jonas nicht, was sie meinte. Da sagte Anna:

„Die Farbe ihres Kleides war ein tiefes Kobaltblau."

Als ein junger Bursche mit blonden Haaren an ihnen vorbeistürmte und in dem schnellen Sprint über die Ufermauer weit nach vorne ins Wasser sprang und loskraulte, fiel ihr Moritz ein. Auch er hatte diese athletische Figur.

„Warum der nachdenkliche Blick, Anna?"

Jonas schaute sie an, die Augen zusammengekniffen gegen die gleißende Sonne.

„Ich habe gerade an Moritz gedacht!"

„Ich glaube, es ist an der Zeit, dass ich Moritz und Annika kennenlerne!"

„Da kommst du nicht umhin, auch Gunnar Larson kennenzulernen!", fügte Anna mit abweisendem Gesicht hinzu.

„Ja, natürlich! Ich habe ja nichts gegen ihn. Ehm ... was ich dich noch fragen wollte, war Gunnar Larson ein Jugendfreund deiner Mutter oder etwa ihre erste Liebe?"

„Genau das beschäftigt mich schon die ganze Zeit. Ich weiß es eben nicht genau! Damals war ich ja noch ein Kind, und *ein* Jugendfreund oder *ihr* Jugendfreund machte für mich und Moritz keinen großen Unterschied."

„Hm! Übrigens ... du warst ja heute schon sehr tüchtig! Ich habe dich beobachtet, wie du weit hinausgeschwommen bist!"

„Ja, die Möwe!"

„Die Möwe?"

„Sie hat mich daran gehindert, hinunterzuschauen ... „

Jonas lachte.

„Hast du etwas dagegen, wenn wir jetzt frühstücken gehen? Danach möchte ich noch einmal hinausschwimmen. Heute war ja ich die Schlafmütze!"

„Ah, jetzt wird mir erst bewusst, warum mir auf einmal so flau im Magen ist, als hätte mir eine große Faust darin ein Loch gegraben. Auch Moritz hatte dieses Gefühl früher, wenn er schon länger nichts gegessen hatte. Auch er verglich es mit einem Schlag in den Magen, der ihn ausgehöhlt hatte"

13

Moritz

Ihr Bruder war jetzt zwanzig Jahre alt, groß, blond, muskulös, erinnerte vom Typ her ein bisschen an den Hünen, mit dem Annika zusammenlebte, und studierte in Malmö Industriedesign. Die Mädchen und Frauen lagen ihm zu Füßen, doch bis jetzt war er über sie alle hinweggestiegen. Keine, die versucht hatte, ihn für sich zu gewinnen, hatte den soliden Stahlkäfig aufbrechen können, in den er sich vor nunmehr dreizehn Jahren zurückgezogen hatte.

Auch sein Leben war damals aus den Schienen gesprungen.

Zum Glück hatte er sich von seinen Drogenproblemen in der Pubertät wieder erholt und konnte dank der Hilfe des schwedischen Staates, der es mit einem Studiendarlehen jedem jungen Menschen ermöglichte zu studieren oder eine Ausbildung seiner Wahl zu absolvieren, ein von den Eltern unabhängiges Leben führen.

Auch Moritz musste zur Therapeutin. Die Psychologin bestärkte ihn darin, ausschließlich an sich zu denken, sich selbst als Einzelperson wahrzunehmen. Er sollte, ja er musste seinen

Wert als Individuum erkennen und dessen Vorteile schätzen lernen. - Wenn das so einfach wäre!

Moritz war nach dem Unglück davongelaufen. Sie fanden ihn erst am nächsten Tag zusammengekauert unter einer Plane in einem alten Fischerboot. Er war damals sieben Jahre alt.

Erst nach und nach wurde offensichtlich, dass es ihm im wahrsten Sinne des Wortes die Sprache verschlagen hatte. Er musste aus der Schule genommen werden, da er verstummt war. Er verstand zwar alles, was man ihm sagte, nickte etwa, wenn man ihn etwas fragte, aber er sprach nicht mehr.

Erst Gunnar, nachdem er zu ihnen nach Stockholm gezogen war – ja, Anna musste es sich eingestehen -, war der Erste und Einzige, der ihn ein bisschen aus sich herauslocken konnte, da er als Unbeteiligter viel einfühlsamer mit Moritz Schmerz umgehen konnte. Annika und sie selbst waren selber so verzweifelt, dass sie ihn unter Druck setzten, ihn dazu drängten, endlich mit Worten zu antworten, wenn er etwas gefragt wurde.

Sie erinnerte sich an einen Zirkusbesuch in Stockholm. Moritz ging an Gunnars Hand auf das Kartenhäuschen zu, an dem sie die Eintrittskarten lösten und Popcorn kauften, und hüpfte beschwingt über den Kiesplatz vor dem großen Zirkuszelt. Jeder wurde von seiner Begeisterung angesteckt, auch wenn er keinen Ton von sich gab.

Als die Seiltänzerin auf dem Trapez ihre Kunststücke vorführte, verfolgte er jede ihrer Bewegungen aufmerksam, hielt genau wie die anderen in der Familie die Luft an, wenn es für sie gefährlich zu werden schien, weil sie eine besondere Choreografie wagte, und klatschte im richtigen Moment.

Die Elefanten-Parade mit den indischen Mädchen in einem geflochtenen Sitz auf dem Rücken der Tiere entzückte ihn. Als die Elefanten auf ihre Hinterbeine stiegen, sich aufrichteten und ein paar Tanzschritte vollführten, so dass die Mädchen samt Sattel über den Rücken des großen Tieres zu rutschen drohten, meinte Anna, ein „Oh!" hätte sich aus Moritz Mund gestohlen. Aber da die anderen der Familie es nicht gehört hatten, nahm sie an, sich getäuscht zu haben.

Die Löwen, die durch einen brennenden Reifen sprangen, bejubelte das Publikum mit „Ahs" und „Ohs", bis ein Löwe mit voluminöser Mähne vor dem lichterloh flammenden Reifen stehenblieb und sich weigerte, dem Peitschenknall Folge zu leisten. Moritz beugte sich in seinem Sitz nach vorne, legte die Handflächen aneinander und zischte unmissverständlich „Ssst!" War das nun als Wort, Laut, Ton einzustufen? Sie wussten es nicht, begriffen aber alle, dass Moritz glühend darauf wartete, dass der männliche Löwe hindurchsprang. Dieser musste seinen Standplatz verlassen, wurde durch das Tor zurück hinausgeführt und abermals mit auf den Boden knallenden Peitschenhieben hereingetrieben. Vor ihm sprangen zwei Löwen durch den brennenden Reifen. Jetzt war er an der Reihe. Alles wartete, hielt die Luft an und starrte gebannt auf den Löwen, der sich beim ersten Mal verweigert hatte. Ein Zögern noch, ein Peitschenknall des Dompteurs und der zuerst verschreckte Löwe sprang durch den Reifen.

Dieses Mal hörten sie es alle. Neben dem erleichterten Ausatmen des Publikums, das vor Anspannung die Luft angehalten hatte, strömte „Oh!" aus Moritz Mund. Ein eindeutiger Laut. Er konnte also noch sprechen, der Schock hatte nicht den Verlust seiner Stimme bewirkt.

Gunnar setzte sich den beinahe Achtjährigen auf seine breiten Schultern, damit er die Abschluss-Parade aller Tiere und Artisten, die noch einmal herauskamen, besser sehen konnte. Moritz wiegte sich auf Gunnars breiten Schultern im

Rhythmus der Musik. Da dachte Anna an Hanns Leo. Ihr Vater, groß und schlank, war nicht so kräftig, um sich seinen Sohn auf seine Schultern zu setzen. Zumindest hatte er es nie getan. Auf dem Nachhauseweg nahm ihn Gunnar wie selbstverständlich an der Hand und Moritz schien zufrieden.

Überhaupt hatte Moritz immer einen viel besseren Draht zu Gunnar gehabt als sie selbst. Sie warf Annikas Lebensgefährten insgeheim vor, er sei der Grund dafür gewesen, dass Hanns Leo fortgegangen war. Obwohl ihr doch die Psychologin damals erklärt hatte, dass sensible Menschen – und zu denen gehörte ihr Vater zweifellos – sich nach so einem schrecklichen Ereignis zurückziehen.

Moritz sollte ein Haustier bekommen, mit dem er reden und dem er seine Sorgen und Kümmernisse anvertrauen konnte, schlug Doktor Olafson vor.

Gunnars Idee war ein Papagei, der Moritz bald jedes Mal begrüßte, sobald er in das Zimmer trat, in dem sein Käfig aufgestellt war: „Hej, hej!"

Zum Glück kam es, wie es alle erhofft hatten. Innerhalb kürzester Zeit antwortete Moritz seinem Vogel, wenn er mit ihm allein war: „Hej, hej!" Und bald sagte der Papagei kurze Sätze, die sie vorher noch nie von ihm gehört hatten. Folglich musste es Moritz gewesen sein, der sie ihm während Annikas und Gunnars Abwesenheit beigebracht hatte.

Es dauerte noch eine Weile, bis er auch mit ihnen und anderen Menschen sprach, aber bereits im nächsten Schuljahr konnte er wieder in der Schule angemeldet werden. Annika hatte eine neue Schule für ihn ausgewählt, zumal er nun allein hinging.

Anna wurde mit einem Mal bewusst, dass sie sich so schnell wie möglich mit Moritz und Annika zu einer Aussprache treffen musste, um ihre Mutter zu fragen, was damals zwischen ihr und ihrem Vater vorgefallen war, was es mit dem verschobenen Geschäftstermin auf sich hatte und ob sich für jenen Tag wirklich Privatpatienten im Sommerhaus angesagt hatten.

Es machte zwar jetzt keinen Unterschied mehr, was passiert war, konnte nicht mehr rückgängig gemacht werden.

Aber sie wollte es einfach wissen, sie hatte ein Recht darauf, fand sie. Denn lange genug hatte sie sich schuldig gefühlt. Nicht dass sie jemand anderem die Schuld aufbürden wollte, aber ... Die Wahrheit durfte nicht hinter Vermutungen und vagen Andeutungen verborgen bleiben. Moritz und sie waren schließlich jetzt erwachsen, sie hatten ein Recht auf die Wahrheit.

Sie schloss die Augen. Jene Jahre waren so weit entfernt, doch genau in diesem Augenblick wollten sie sie an der Kehle packen und ihr die Luft abdrücken. Nein, sie wollte nur an die glücklichen Sommer bei ihrer Großmutter am Meer denken. Anna atmete geräuschvoll aus, riss sich zusammen, bot ihren Gedanken Einhalt. Es brachte nichts zu spekulieren, sich Dinge einzureden, die vielleicht in Wirklichkeit ganz anders abgelaufen waren.

14

Der Ausflug ins Dorf

Für den Weg ins Dorf wählten sie den Pfad entlang des Meeres, an Felsen und Ginsterbüschen vorbei und manchmal über Steine, die aus dem Boden zu wachsen schienen. Einmal mussten sie auch einen umgeworfenen Stacheldrahtzaun überwinden.

Der Weg war mühsam - anfangs meinten sie immer wieder, umkehren zu müssen -, dafür ein wahres Abenteuer, so wie es Jonas liebte. Dummerweise hatte Anna statt der Turnschuhe Sandalen gewählt, die neben der Zehenfreiheit kleine Absätze schmückte. Der frisch aufgetragene rote Nagellack für die Stadt war an der großen Zehe sowohl links als auch rechts schon etwas abgesplittert, so oft stieß sie an Steine oder Geröll, die den Weg blockierten. Trotzdem bemühte sie sich darum, mit Jonas mitzuhalten, der sie kurzentschlossen an der Hand nahm, als er bemerkt hatte, dass sie etwas zurückgefallen war.

Neben den grauen Felsen rechterhand, die wie aufgehäuft wirkten – man sah kaum das Meer -, liefen sie jetzt über sandigen Boden. Immer wieder verirrten sich Steinchen in ihre Sandalen, so dass Anna öfter einen Schuh aus- und abermals anziehen musste.

Als sie die weiße Bank am Rande der Klippen entdeckten, stiegen sie hinauf, setzten sich und blickten hinaus auf die lila und grünen Flecken auf dem Wasser, die sich langsam bewegten wie eine Herde Wale unterhalb der Oberfläche. Die Spiegelung der Wolken im Wasser könnte einen Maler inspirieren. Ob sie daheim in Graz diese Farben aufs Papier bringen könnte? Nein, da würde wohl die Stimmung dazu fehlen.

Der Wind wehte Anna böig unter den Rock des Kleides, versuchte ihn umzustülpen wie einen Regenschirm. Abgesehen vom Wind und dem Gelächter der Seemöwen, die sie hören, aber nicht sehen konnten, war es vollkommen ruhig. Da sagte Jonas auf einmal in die Stille hinein:

„Weißt du noch, die biolumineszierenden Algen …"

„Natürlich, die geheimnisvoll leuchtenden Punkte im Meer."

„Die sind eigentlich … wie soll ich es sagen …gewissermaßen giftig."

„Was sagst du da?", rief Anna entsetzt. „Und du bist zu ihnen hingeschwommen!"

„Es waren hier ja nur wenige Stellen. Aber dort, wo ganze Leuchtteppiche auf dem Meer liegen, mag es zwar schön anzusehen sein, aber dort herrscht Badeverbot."

„Jesses!"

„Da gibt es eine Bucht in Puerto Rico, hab' ich gelesen, dort kann man mit dem Kajak fahren, und beim Rudern fängt das Wasser noch mehr zu glitzern an, aber schwimmen darf man dort nicht!"

„Du schweifst ab! Jetzt sag doch endlich, warum das Meer dort giftig ist!"

„Dort sind zu viele Nährstoffe im Wasser. Bei der Verdauung von Plankton, wovon sie sich ernähren, stoßen diese winzigen Leuchtalgen Giftstoffe aus, die für andere Meeresbewohner, so wie zum Beispiel Fische, und für uns Menschen giftig werden können."

„Ja, aber was hat das Umrühren im Wasser mit dem Ruder mit den Ausscheidungen der winzigen Algen zu tun?"

„Vermutlich werden dadurch tieferliegende Leuchtalgen hochgewirbelt."

„Hm! Jonas, sag einmal, hast du das damals schon gewusst, als du in der Dunkelheit ins Wasser gesprungen bist?"

„Da wussten wir ja noch nicht genau, was es ist! Ich habe nur gewusst, dass sich im Meer, auf dem sich ganze Leuchtteppiche ausbreiten, Giftstoffe entwickeln. Das habe ich damals im Fernsehen gesehen, in der Dokumentation über das leuchtende Meer."

Anna seufzte:

„Ich möchte nicht, dass du bewusst deine Gesundheit gefährdest!", sagte sie und betrachtete die Wolken, die langsam vorbeizogen, während sie sich an ihn schmiegte. Wieder schossen diese Gedanken in ihren Kopf: Die Schönheit des Meeres kann trügerisch sein, unbarmherzig und gemein – und todbringend.

„Aber nein!"

Er legte seinen Arm um ihre Schultern.

In der kleinen Stadt am Meer spazierten sie durch enge Gassen mit Kopfsteinpflaster, besuchten die Kirche mit dem einzelnstehenden hohen Turm, betrachteten alte windschiefe Häuser, den kleinen Hafen und setzten sich zum Mittagessen in den Gastgarten einer Pizzeria, die sich etwas abseits der Altstadt befand, da die Pizza dort billiger war.

Anna hätte gerne einen Magnet für den Kühlschrank von Hanns Leo gekauft, dort würde sie ihn jeden Tag betrachten können. Die Abbildung der Bucht, in der sie jeden Tag badeten und schwammen, mit dem Dorf und seiner Kirche im

Hintergrund gefiel ihr besonders gut. Ina, ihre Tante, die mit ihrer Familie in Stockholm lebte, hatte einen solchen Magnet auf ihrem Kühlschrank in der Küche. Er zeigte den Grazer Uhrturm. Aber dann, überlegte sie, würde sie künftig von allen Sehenswürdigkeiten und neuen Orten, die sie besuchte, einen Magnet kaufen müssen. Also ließ sie es bleiben und sparte das Geld.

Als Studenten mussten sie mit ihrem Geld haushalten. Jonas arbeitete jeden Sommer in Deutschland bei der Firma Henkel in Düsseldorf, um sich das Geld für Extraausgaben während des Studienjahres wie den kleinen Urlaub am Meer zu verdienen. Nur nicht in diesem Sommer, da er im Herbst zu einer großen Prüfung antreten wollte, so dass er gleich nach dieser Woche am Meer wieder mit dem Lernen beginnen musste. Anna besserte ihr Taschengeld von ihrem Vater, das sie eifrig sparte, mit ihrer Arbeit in der Konditorei auf und gab Nachhilfestunden in Französisch und Spanisch für Schüler der Oberstufe an einem Gymnasium. Dort durfte sie einen Zettel mit ihren Daten auf dem schwarzen Brett anschlagen.

Mit dem selbstverdienten Geld hatten sie sich nun den kleinen Campingurlaub am Meer geleistet, wobei sie sich den Preis für das Benzin und die Autobahngebühr teilen wollten. So hatte es zumindest Anna vorgeschlagen. Sie hatte auch das Geburtstagsgeld von Annika weggelegt, und auch ihr Vater hatte etwas beigesteuert.

Es ist schon komisch, überlegte sie. Solange sie in Stockholm lebte, hieß ihr Vater in ihren Gedanken für sie immer Hanns Leo. Jetzt in Österreich nannte sie ihn, selbst wenn sie bloß an ihn dachte, bereits *ihren Vater*, wie die anderen Grazer, wohingegen Annika, die weiterhin in Schweden lebte, stets Annika blieb.

Jonas meinte, das Benzin sei seine Sache, das gehöre zum Auto dazu. Aus diesem Grund zog Anna an jeder Autobahnstation immer schnell ihre Geldbörse heraus und warf den angezeigten Betrag hinein.

Auch das klapprige alte Auto hatte Jonas mit dem Geld gekauft, das er in Deutschland verdient hatte. Hanns Leo wollte Jonas schon mehrmals einen kleinen Betrag Benzingeld zustecken, da er doch öfter Anna herumkutschierte, sie irgendwohin brachte oder von wo abholte, aber Jonas hatte es nie angenommen. Dazu war er zu stolz.

Auf dem Heimweg tauchte die untergehende Sonne die Spitzen der weiß- und rosablühenden Oleanderbüsche und wilden Brombeerhecken in einen goldenen Schein und fiel über den Pfad vor ihren Füßen.

Als sie zur weißen Bank hinaufstiegen und für eine kurze Pause dort verweilten, blickten sie aufs Meer. Es sah aus, als hätte jemand flüssiges Gold auf dem Wasser verschüttet.

Anna war dankbar für die Rast, das Laufen über das Kopfsteinpflaster viele Stunden lang hatte ihr vor Augen geführt, dass sie morgens, in freudiger Erwartung durch eine Stadt zu flanieren, das falsche Schuhwerk gewählt hatte.

Sie dachte aufs Neue an ihre Kindheit und das Haus im Schärengarten von Stockholm, die vielen kleinen Inseln in der Ostsee.

Als ihre Gedanken in die Erinnerung abdriften wollten, bildete sich ein Kloß in ihrer Kehle. Sie räusperte sich.

Jonas erkannte an ihrem Gesichtsausdruck die schwelende Gefahr. Er deutete mit der Hand auf das Dorf, das sie soeben hinter sich gelassen hatten, um sie abzulenken und auf andere Gedanken zu bringen.

„Schau, ist das nicht schön?"

Verschlafen lag es in der Abendsonne. Die orangefarbenen Ziegeldächer glänzten.

„Es wirkt wie von einem Maler mit einem Pinsel auf Papier gezaubert", fuhr Jonas fort.

Anna lächelte. Wie sehr Jonas sich in sie einfühlen konnte!

Eine einsame Krabbe flitzte vor ihren Füßen über die Klippen ins Wasser. Jonas beobachtete, wie sie sich selbst vom steilsten Felsen nicht beirren ließ und ihre Geschwindigkeit nicht reduzierte. Neben ihm versuchte Anna ihre aufwallenden Gefühle unter Kontrolle zu halten. Da fiel ihm etwas ein. Er konnte nicht mehr zurückverfolgen, ob er diese Gedanken irgendwo gelesen hatte oder sie in seinem Kopf selbst entstanden waren, als er sagte:

„Weißt du, Anna, jede Erinnerung wandelt sich schleichend, bis sie nicht länger eine Wiedergabe der Vergangenheit ist, sondern eher eine Reflexion der Person, die versucht sich zu erinnern."

„Ja, und es ist auch so", ergänzte Anna, „wenn man einem Kind ein Foto zeigt, auf dem es mit anderen Personen zu sehen ist und fragt: ‚Erinnerst du dich?' und dann weitererzählt, wird sich das Kind später nicht mehr an die tatsächliche Situation, bei der die Aufnahme entstanden ist, erinnern, sondern nur an die Erzählung darüber, wie diese Aufnahme entstanden ist."

„Du hast Recht! Somit wird die Erinnerung von der Erzählung darüber überlagert. Eigentlich schade!"

„Ja, aber andererseits würde die Erinnerung selbst, ohne die Erzählung dazu, für immer verlorengehen, denn die Erzählung schmückt Bruchstücke der Erinnerung, die zweifellos zumindest im Unterbewusstsein noch vorhanden sind, aus", ergänzte Anna ihren Gedankengang und fuhr sich dabei mit den Fingern über die Stirn.

„Das mag ein philosophisches Problem sein. Ist die Erinnerung an eine Situation besser oder die Erzählung darüber, was damals gewesen ist, die wiederum selbst zur Erinnerung des anderen wird?"

„Das kommt mir ja fast so komplex und kontradiktorisch vor wie die Frage: Was war zuerst da, das Huhn oder das Ei?", stöhnte sie.

„Ja, nur dass in diesem Fall wirklich die Erinnerung zuerst da war, aber das Gedächtnis der Menschen ist unbeständig, manchmal sogar löchrig wie ein Sieb."

Sie wanderten weiter, als sie vor ihren Füßen auf dem sandigen Boden eine offene Muschelschale entdeckten und sich fragten, wie die wohl hier herausgekommen sein mochte. Gleichzeitig griffen sie danach. An ihrer Innenseite war sie glänzend weißsilbern und am Rand bläulich. Als sie Anna in die Hand nahm, brach eine Hälfte ab und fiel zurück auf den Boden. Anna wollte sie aufheben, aber die Hälfte zerbrach. So gab sie

Jonas das heile Stück, der die Muschelschale nach einem kurzen Blick darauf in seine Hosentasche steckte.

„Ich werde sie aufbewahren als Erinnerung an unseren ersten gemeinsamen Urlaub am Meer."

Liebevoll beugte er sich zu ihr und strich ihr über ihren nackten Arm.

Nach ihrer abendlichen Jause ruhten sie sich für eine Weile im Zelt aus. Anna massierte ihre geschundenen Füße. Trotzdem war es dieses Mal Anna, die noch einmal hinausgehen wollte.

„Lass uns die Taschenlampen nehmen und nachsehen, ob die leuchtenden Punkte im Meer noch da sind!"

„Bist du nicht schon müde?", fragte Jonas gähnend.

„Natürlich bin ich müde!" Sie unterdrückte selbst ein Gähnen. „Aber ich will das jetzt genau wissen, ob sich die Giftalgen noch vermehrt haben!"

„Nicht die winzigen Algen selbst sind giftig, Anna! Sondern bei ihrer Verdauung könnten giftige Stoffe entstehen."

„Das ist doch dasselbe!"

Diesen Abend ließen sie die Lichtkegel ihrer Taschenlampen über den Boden schweifen, denn

Abenteuer hatten sie heute schon genug erlebt. Erst als sie nach einer Biegung die entsprechende Stelle fanden, knipsten sie ihre Taschenlampen aus und konzentrierten sich auf das spiegelschwarze Wasser in der Dunkelheit.

Da waren sie wieder, die Leuchtpunkte im Meer. Andächtig starrten sie auf die biolumineszierenden Lichtquellen. Sie zählten sie mehrmals nach. Fünf Leuchtpunkte im Wasser, es waren nicht mehr geworden, und die beiden waren jetzt richtig froh darüber, wenn Anna auch noch vor ein paar Tagen davon geträumt hatte, hier im Mittelmeer einen richtigen Leuchtteppich zu entdecken.

15

Der Badeanzug

Am Morgen zog Anna leise den Reißverschluss des Zeltes auf und schlich hinaus. Jonas sollte weiterschlafen, während sie einen neuen Versuch wagen wollte ...

Auf dem Campingplatz war noch alles ruhig, nur aus einem Zelt hörte sie ein tiefes Grummeln, das immer wieder abbrach und dann aufs Neue anhob, als sie davor vorbeiging. Zuerst konnte sie die Laute nicht einordnen. War das ein Hund, der unruhig wurde, als er ihre Schritte vernahm? Dann musste sie schmunzeln. Nein, wohl eher sein Herrchen, das schnarchte. Abgesehen davon, dass Hunde auf dem Campingplatz gar nicht erlaubt waren.

Das Meer lag fast regungslos da. Taubenblau. Die Sonne versteckte sich noch hinter dem morgendlichen Wolkenband. Sie hatte keine Ahnung, wie spät es war. War die Sonne überhaupt schon aufgegangen?

Sie überwand die Steinstufen am linken Rand der Ufermauer und glitt ohne zu zögern hinein. Das Wasser war warm, und Anna hatte das Gefühl, dass sie Seide umhüllte, so zart streichelte es über ihre Haut. Das Meer gehörte ihr allein, sie musste es am frühen Morgen nicht einmal mit den Möwen teilen. Ob die auch noch schliefen? Da sprang eine übermütige Idee in ihren Kopf. Wenn sie das Oberteil ihres Bikinis einfach ablegte? Das kühle Nass an ihre nackten Brüste heranließ? Das müsste herrlich sein. So wie es Annika und ihre Freundinnen getan hatten, wenn sie im Meer schwammen, als sie jung waren. Annika war noch immer jung, erst vierundvierzig Jahre alt. Doppelt so alt wie sie in diesem Jahr.

Gedacht, getan! Niemand konnte ihre Brüste sehen, wenn sie schwamm. Es sei denn, sie legte sich auf den Rücken. Als sie, ein paar Meter von der Ufermauer entfernt, an den Strand zurückblickte, sah sie einen braunen Träger ihres Bikinis von der Mauer herabhängen.

Ihr heimliches Tun spornte sie an, sie schwamm immer weiter hinaus und hatte bald die mit kleinen Bojen markierte Schnur, die den Bereich für Schwimmer abgrenzte, erreicht.

Anna legte sich auf den Rücken und ließ sich im Wasser treiben. Sie war sich sicher, dass niemand vom Strand ihre nackten Brüste erkennen konnte, wenn er nicht durch ein Fernglas stierte. Das Verbot erzeugte ein aufregendes Kribbeln im ganzen Körper, hatte sie doch die auf Stangen angebrachten Tafeln gesehen, auf denen nackte Brüste mit einem Kreuz durchgestrichen waren.

In ihrem Übermut hob sie die vor sich liegende Schnur mit den weißen Bojen mit einem Arm hoch und schlüpfte unterhalb hindurch. Sie lachte laut auf und schmeckte Salzwasser auf ihren Lippen. Brr, so salzig war das Wasser hier! Aber auch so ein Spaß! Wenn Jonas sie jetzt sehen könnte!

Sie blickte zurück zum Strand und verspürte beinahe ein sinnliches Vergnügen, auf einem quasi verbotenen Areal im Meer ganz allein und halbnackt zu schwimmen. Das musste sie öfter tun.

Noch immer kein Mensch weit und breit. Die ersten Möwen trudelten ein und ließen sich auf dem Wasser nieder. Mittlerweile blinzelte auch die Sonne zögernd aus den Federwölkchen hervor, das Wolkenband hatte sich aufgelöst.

Sie schwamm jetzt die Schnur entlang, aber immer noch jenseits der Zone für Schwimmer. Anna blickte unter sich, konnte jedoch keinen Grund sehen. Aber es war ihr egal. Es spielte doch keine Rolle, ob sie einen halben Meter über dem Meeresboden schwamm oder fünf Meter darüber. Hauptsache sie schwamm, und das wie ein Fisch, so unbeschwert und selbstvergessen. Denn das

Wasser war eigentlich schon immer ihr Element gewesen, bis sie ... Obwohl ... wer sagte denn, dass ein Fisch so schwamm? Der war sicher ständig darum bemüht, Nahrung zu finden. Genauso wie man den Seeschwalben zusah, wenn sie abends im Sturzflug über das Wasser schwirrten, sich wieder hochschwangen und sich aufs Neue herunterließen, und glaubte, es sei die Freude am Fliegen, doch tatsächlich fingen sie kleine Insekten, die über dem Wasser flirrten, um satt zu werden.

Jonas näherte sich dem Strand. Er war bald nach Anna aufgewacht, ahnte, was sie vorhatte, und wollte ihr bewusst einen Vorsprung lassen, damit sie sich nicht von ihm bedrängt oder unter Druck gesetzt fühlte.

Eigentlich hatte er ja vorgehabt, heute Morgen, während Anna noch schlief, das Fischerboot das zweite Mal zu streichen. Aber jetzt musste er es wohl auf den nächsten Morgen verschieben, wenn der Fischer mit seinem frühmorgendlichen Fang hereinkam. Jetzt hatte ihm Anna einen Strich durch die Rechnung gemacht, indem sie vor ihm aufgewacht und ans Meer gegangen war. Ob sie wieder allein schwimmen gegangen war, ohne Zuseher und vor allem ohne ihn?

Morgen ging es also an die Heimreise. Er hoffte nur, dass sein alter Fiat das auch so sah! Beunruhigt schüttelte er in Gedanken den Kopf. Was er noch alles zu erledigen hatte! Als Erstes musste er das Boot fertigstreichen, das ihm der Fischer freundlicherweise für den Besuch der Meereshöhle zur Verfügung gestellt hatte. Dann wollte er unbedingt noch einmal hinausschwimmen, die vielen Fische beobachten jenseits der Abgrenzung für Schwimmer. Auch Anna würde er nicht aufhalten, wenn sie ein weiteres Mal Lust dazu bekam, sich selbst - und natürlich ihm – zu beweisen, dass sie die Angst vor dem tiefen Wasser endlich überwunden hatte. Zum Glück hatten sie bereits gestern alles ins Auto gepackt, was sie nicht unbedingt für die letzte Nacht noch brauchten, auch die rosarote Luftmatratze bereits vollständig ausgelassen und zusammengerollt. Er schmunzelte. Jetzt musste er aber schleunigst los. Während er überlegte, was noch alles zu erledigen war, hob der Wind sein Haar empor wie einen goldenen Helm.

Ein Handtuch hatte er sich über die Schultern geworfen und Taucherbrille mit Schnorchel baumelten an seinem Handgelenk.

Knapp vor der Ufermauer bog er ab und verschanzte sich hinter der Hütte, an der es tagsüber

Eis und Kaffee zu kaufen gab, nachdem er die dunkelhaarige Frau weit draußen im Meer schwimmen gesehen hatte.

Er beobachtete sie eine Weile und war sich diesmal ganz sicher, dass es sich um seine Anna handelte. Sie hatte ihre Angst vor tiefem Wasser also überwunden und schwamm tatsächlich wie ein Fisch. Das war eine Freude! Nur schade, dass sie erst jetzt, kurz bevor sie nach Hause fuhren, sich dazu hatte überwinden können. Aber es brauchte eben alles im Leben seine Zeit, sinnierte Jonas, beinahe etwas philosophisch.

Jonas setzte seine Taucherbrille auf und ließ sich gleich von der Ufermauer ins Wasser hinunter.

Auf der gegenüberliegenden Seite der Bucht startete ein Motorboot, das hinter sich einen Wasserschifahrer zog. In diesem Moment beschleunigte es und Jonas blickte entsetzt auf die Wellen, die sein Motor auslöste. Irgendeinen Störenfried gab es immer am Meer, der die selige Ruhe durchbrach. Er hatte Angst um Anna.

Aus den Augenwinkeln nahm er wahr, dass sich Anna nicht aus der Ruhe bringen ließ, sondern sich bloß auf den Rücken legte. Sie machte sanfte Schwimmbewegungen mit ihren Beinen und ließ sich von den Wellen treiben. Gut gemacht, wollte er ihr zurufen, aber erstens war er noch zu weit von ihr entfernt, und zweitens wollte er sie nicht erschrecken, da sie ihn noch nicht bemerkt hatte.

Er überwand eine Strecke, indem er immer wieder unter Wasser schwamm. Sobald sein Kopf durch die Wasseroberfläche stieß, richtete er sein Augenmerk auf das kleine Motorboot gegenüber, das jetzt eine Kurve gezogen hatte und stehengeblieben war; der Wasserschifahrer war ins Meer gestürzt und hatte die Hantel an dem Zugseil, das ihn mit dem Boot verband, losgelassen.

Anna schenkte dem Geschehen auf der gegenüberliegenden Seite der Bucht keinerlei Beachtung. Sie wirkte in sich selbst versunken, zufrieden mit sich und der Welt, wie es Jonas schien. Er fragte sich, ob er überhaupt zu ihr hinausschwimmen sollte, sondern sie besser in Ruhe ließ. Doch nein! Sie waren ja zusammen ans Meer gefahren, um möglichst viel Zeit miteinander zu verbringen. Es war der erste Sommer, in dem er nicht in Deutschland arbeitete. Und Anna würde August und September wieder in Frankreich verbringen, wo sie bei einer Familie als Au-Pair-Mädchen arbeitete, während er sich in dieser Zeit auf seine Prüfungen vorbereitete.

Jonas blickte hinaus zur Schnur mit den kleinen Bojen. Anna schwamm sogar jenseits der

Abgrenzung, sah er nun. Er staunte. Die war aber weit draußen, flatterte der Gedanke durch seinen Kopf. Ja, genauso wie er jeden Morgen, wenn er nicht gerade verschlief. Er schüttelte bedächtig den Kopf. Es musste sie viel Mut gekostet haben, so weit hinauszuschwimmen.

Jonas schwamm weiter, diesmal auf dem Wasser, so dass Anna ihn rechtzeitig sah, ohne zu erschrecken.

Er winkte ihr zu, indem er einen Arm weit aus dem Wasser herausstreckte. Sie aber reagierte nicht. Was war denn da los? Sie schien zu träumen, während Arme und Beine ausgeglichene Schwimmbewegungen machten.

Jetzt begann er zu kraulen und spritzte bewusst das Wasser heftig mit den Armen vor sich her. Sie sollte auf ihn aufmerksam werden. Plötzlich sah sie ihn, drehte sich in einem eleganten Schwung um, schlängelte sich unter der hochgehobenen Begrenzungsschnur hindurch und schwamm auf ihn zu. Sie lachte.

„Jonas!", freute sie sich.

Jonas sah auf ihrem Oberkörper zwei helle runde Stellen inmitten der gebräunten Haut aufblitzen, als sie schon wieder ins Wasser eintauchte. Zuerst dachte er, er habe sich geirrt, doch dann passierte es zum zweiten Mal. Weiße

Haut zwischen brauner Haut. Jonas starrte erschrocken auf ihre nackten Brüste.

„Anna!", rief er erregt.

Sie lächelte ihn verschmitzt an, so gar nicht beschämt. Jonas schwamm ganz nahe an sie heran.

„Es ist wie Seide auf meiner Haut!", sagte sie leise, aber es klang nicht nach einer Entschuldigung, eher nach einer Aufforderung.

Jonas wusste nicht, was er sagen, wie er reagieren sollte. Mit belegter Stimme fragte er:

„Wie willst du jetzt aus dem Wasser heraussteigen? Es sind schon einige Familien mit Kindern am Strand. Du weißt, es ist verboten ..."

„Und wenn schon!", erwiderte sie trotzig.

„Aber Anna!"

„Am besten du schwimmst vor mir zur Ufermauer. Dort drüben, in der Mitte liegt mein Bikini-Oberteil, wenn es noch da ist."

„Mach jetzt bitte keine Witze!", presste er hervor.

„Du bringst es mir und ich streife es mir über."

Jonas war ganz aufgeregt und er fühlte, wie sein Kopf heiß wurde. Wie peinlich war das denn?

„Und was wäre, wenn ich nicht herausgekommen wäre?"

„Das bist du aber, mein Lieber", sagte sie ohne die geringste Scham.

Zum Glück fand er ihr Oberteil sogleich und brachte es ihr ins Wasser. Sie wollte es einfach überziehen, doch da öffneten sich die Häkchen an der Rückseite und das Bikini-Oberteil drohte, sich wieder von ihrem Körper zu lösen. Deshalb fummelte Jonas eine Weile auf ihrem Rücken herum, bis er es schaffte, sie wieder zu schließen. Vom Strand aus musste das merkwürdig aussehen: Zwei junge Leute, die im tiefen Wasser strampelten, um sich über Wasser zu halten, während der eine seine Hände nicht von dem Mädchen wegbekam und immerzu auf seinem Rücken hantierte, während es ununterbrochen kicherte.

„Warum hast du nicht ruhiggehalten?", fragte Jonas etwas verärgert, als sie über die Steintreppe herausstiegen.

„Du hast mich so gekitzelt!"

„Oh!"

Jetzt lachten alle beide, froh, dass das Abenteuer gut über die Bühne gegangen war, und abermals im Bewusstsein, dass sie ein gutes Team waren.

16

Der Traum

Anna schmiss sich unruhig im Schlafsack hin und her, konnte nicht in den Tiefschlaf finden.

Jonas neben ihr machte sich ganz schmal, wollte sie nicht stören. Er vermutete, dass sie heftig träumte.

Jetzt streckte sie alle Viere von sich, schien im Zelt plötzlich nicht ausreichend Platz zu finden. Sie stöhnte laut, wimmerte einmal wie ein Kleinkind, schrie dann empört „Nein!"

Jonas nahm an, dass sie im Schlaf etwas verarbeitete. Er legte eine Hand auf ihre Schulter, drückte sie sanft, sprach leise zu ihr, falls sie es aufnehmen konnte:

„Schsch, Anna! Ich bin da!"

Aber der Traum hielt sie gefangen. Sie lag nicht hier im Zelt neben Jonas, sondern ein Albtraum stieß seine Krallen in ihr Bewusstsein. Das Unterbewusstsein triumphierte über das Reale, trieb seltsame Blüten.

Jonas, mittlerweile einfühlsamer Psychologe, was Annas Trauma aus ihrer Kindheit betraf, ließ sie ihren Albtraum ausfechten. Er vermutete, wenn er sie weckte, indem er sie zum Beispiel schüttelte, würde der Traum immer wiederkommen. So jedoch bestanden gute Chancen, dass es vorbei war, wenn er sie im Traum die Vergangenheit und ihr belastendes Erlebnis mit neun Jahren aufarbeiten ließ und sie anschließend darüber reden konnten.

Anna starrte auf den kalkweißen Plafond, von dem ein sonderbares Geräusch zu kommen schien. Da öffnete sich plötzlich eine Ritze, aus der sich eine weiße Kugel herausschob, dann noch eine. Zuerst waren sie tennisballgroß, doch während sie in den Raum segelten, spielerisch wie Seifenblasen, vermehrten sie ihr Volumen und ihr Gewicht. Sie kamen auf sie zu. Dann, von einem Augenblick auf den anderen multiplizierte sich ihre Zahl. Sie drangen durch die Ritze des Plafonds und wuchsen und wuchsen, wurden immer größer, indem sie sich Anna näherten. Sie begann heftig zu atmen, hob ihre Arme hoch, wollte ihnen Einhalt gebieten, sie wegstemmen, doch sie kamen entschlossen auf sie zu. Weiße riesengroße Kugeln berührten ihren Körper, türmten sich übereinander, bedrängten sie, ohne irgendein Hindernis zu akzeptieren. Jetzt wurde die größte Kugel an einer Seite dunkel, färbte sich schwarz. Anna bekam keine Luft mehr, als sie ihren Druck auf ihrer Brust spürte. Eine weitere Riesenkugel segelte herab, flog auf sie zu, drückte auf ihre Rippen. Anna begann stoßweise zu atmen. Sie atmete tief ein, ließ die Atemluft langsam nach draußen strömen, riss den Mund weit auf. Eine weitere Kugel kam aus dem Spalt am Plafond, dann noch eine, immer mehr davon füllten den Raum, alle hatten sich ganz dunkel gefärbt, in einem gespenstischen Schwarz rollten sie durch die Luft auf sie zu, schienen ihr zeigen zu wollen, dass sie die Macht über sie besaßen und Anna völlig wehrlos war. Der gekalkte Raum hatte sich verdunkelt, so viele schwarze Kugeln waren aufgetaucht, drohten Anna die Luft abzudrücken. Sie wollte schreien, aber kein Ton löste sich aus ihrer Kehle. Ihre Atemluft ging dem Ende zu, so stark war der Druck der Monster auf ihren Brustkorb. Sie wollte sich aufrichten, schien jedoch am Bett festzukleben, während immer mehr riesengroße Kugeln in den Raum drängten und sie mit ihrem Gewicht zu erdrücken drohten. Sie wollte sie in ihrer Panik noch zählen, aber es wurden immer mehr. Anna konnte keinen vernünftigen Gedanken mehr fassen, sie konnte kaum noch atmen. Links und rechts neben ihrem Kopf auf dem Kissen hatten sie sich bereits niedergelassen, ließen sich nicht wegschieben, pressten ihren Kopf zusammen und mit ihm ihre Gedanken. Anna wollte sich bewegen, aufstehen, aber die schwarzen Kugeln besaßen Macht über sie, hielten sie zurück. Die schwarzen Monsterkugeln drückten sie zurück auf ihr Bett. Sie spürte unter sich kalten Schweiß ihre Wirbelsäule hinabrinnen. Ihre Stirn und ihr Gesicht flammten himbeerrot, meinte sie zu fühlen, wenn sie mit den Fingerspitzen atemlos ihr Gesicht abtastete. während ihre Lippen anschwollen. Wieder eine schwarze Kugel, die den Druck auf ihren Brustkorb verstärkte, sie flach aufs Bett drückte.

Anna bekam keine Luft mehr, begann zu röcheln, ihre Finger und ihre Zehen wurden eiskalt und steif, verfärbten sich blau. Sie hatte das Gefühl, sie würden jeden Augenblick von ihren Gliedmaßen abfallen und zerquetscht werden von den schwarzen Monstern, die jedes Leben in ihr abdrückten.

Dann hörte sie den Schrei, durchdringend und schrill „Niiils!", und im selben Moment zerplatzten die schwarzen Monsterkugeln.

Ein tiefer Luftstrom floss durch ihre Lungen. Der gewaltige Druck hatte sich von ihrem Körper gelöst, sie schlüpfte halb aus ihrem Schlafsack heraus, setzte sich im Zelt auf und wurde sich bewusst, dass sie selbst den Namen gerufen hatte:

„Nils!"

Er würde nie wieder zu ihr kommen, wenn sie ihn rief.

Dann begann sie zu schluchzen. Sie zitterte am ganzen Körper.

Abermals spürte sie eine fremde Kraft auf ihren Körper einwirken. Aber sonderbarerweise fühlte sich der Druck, der sie nun von außen umhüllte, so gar nicht beängstigend an, sondern eher wohlig-warm, er schien Geborgenheit zu verströmen. Komisch! Sie blinzelte, öffnete die Augen. Ein Lächeln überzog von einem Augenblick zum anderen ihr Gesicht.

Jonas hatte beide Arme um sie gelegt und hielt sie fest umschlungen. Anna war umgeben von einem Kokon aus Geborgenheit, Sicherheit und Liebe. Sie fühlte sich schwerelos.

Nach einer Weile des Schweigens fragte er:

„Wer ist Nils?"

Anna besann sich nur für einen Augenblick. Dieses Mal beließ sie es nicht bei den barmherzigen Umrissen ihrer unbarmherzigen Geschichte.

„Mein Bruder!"

„Ich dachte, Moritz sei dein Bruder?", warf Jonas ahnungslos ein.

„Ja, ich hatte noch einen Bruder, Nils!"

Jonas begann das Unaussprechliche zu ahnen.

„Er lebt nicht mehr!"

„Mein Gott!", entfuhr es ihm betroffen. Die Worte „Was ist passiert?" verschluckte er.

„Er war der Zwillingsbruder von Moritz. Er ist ertrunken."

Jonas sagte gar nichts mehr, verstärkte den Druck seiner Arme um ihren Körper und zog sie an sich.

„Es war an dem Tag am Meer, als mein Vater einen Geschäftstermin in Stockholm hatte, an jenem Tag, als ich Gunnar Larson am Sofa im Salon entdeckte und Annika im blauen Kleid und mit offenem Haar. Keiner hatte auf uns aufgepasst. Dennoch hatte Annika uns nach draußen geschickt. Es war ein sonniger, warmer Tag, und das Meer lockte. Wir spielten im Wasser wie immer, bloß ein paar Meter vom Sommerhaus entfernt. Wir schwammen, tauchten, spielten Fangen. Plötzlich kam Nils nicht mehr hoch. Dabei war das Wasser gar nicht tief. Wäre ein Erwachsener anwesend gewesen, hätte er ihn herausziehen können. Aber so ..."

Ihre Stimme war nur mehr ein Flüstern. Tränen rannen über ihr Gesicht, während sie sprach.

„Annika hatte mir noch nachgerufen, dass ich auf sie aufpassen soll. Moritz und Nils waren sieben, ich neun Jahre alt."

„Wie ist es passiert?"

„Das Taillenband seiner Badehose hatte sich an einem Felsen verheddert. Nils kämpfte wie wild, wollte die Badehose runterbekommen, aber dann rutschte auch ein Bein unter den Felsen, da sich die Schnur der Hose verdreht hatte, er hatte keine Chance mehr. Ich bin immer und immer wieder hinuntergetaucht, habe es aber nicht geschafft, ihn herauszuziehen."

„Du warst doch selber noch klein!"

„Ich habe mich jahrelang schuldig gefühlt. War bei einer Therapeutin. Du musst dir das einmal vorstellen! Nils ist bei vollem Bewusstsein ertrunken, er wusste, dass er nicht mehr herauskommen wird."

„Du konntest doch nichts dafür!"

„Weißt du, deshalb war es für mich auch immer so wichtig zu wissen, ob Annika an diesem Tag wirklich Patienten hatte, oder ob sie den Geschäftstermin meines Vaters nur zu einem heimlichen Treffen mit ihrem Jugendfreund nutzte."

Jonas ahnte, worauf sie hinauswollte.

„Anna, wenn so etwas passiert, ist niemand schuld. Es war ein schreckliches Unglück, zu dem ungünstige Umstände geführt hatten. Ihr habt doch immer im Meer gespielt."

„Aber wenn sie gar keine Patienten hatte, hätte sie auf uns aufpassen können!"

„Weißt du, nachher sagt sich manches so leicht!"

„Hm!"

Anna verzog das Gesicht.

„Erzähl mir von Nils! Wie war er?"

„Obwohl sie Zwillinge waren, war er ganz anders als Moritz. Er war der Schüchternere von den beiden, nicht so ein Draufgänger wie sein Bruder. Er war so herzlich. Alle haben ihn geliebt. Vor allem Oma hatte einen Narren an ihm gefressen."

„Deine arme Oma! Ich meine ..."

„Ja, ich verstehe, was du sagen willst. Für uns alle war sein Tod ein schrecklicher Verlust. Wir wussten nicht, wie unser Leben weitergehen sollte. Aber für Oma war es ein weiterer Verlust."

„Und deine Eltern?"

„Mein Vater ist geflohen, das weißt du ja. Und Annika hatte ihre Fröhlichkeit eingebüßt. Ich habe sie seitdem niemals wieder so unbeschwert lachen gesehen."

„Wie ist Moritz damit fertiggeworden?"

„Gar nicht, wenn du mich fragst! Als Jugendlicher hatte er Drogenprobleme, und er lässt niemanden so richtig an sich heran. Obwohl es die Mädchen ihm leichtmachen bei seinem Aussehen, war er noch nie richtig verliebt. Auch hat er seine ganze Kindheit und Jugend hindurch nie einen richtigen Freund gefunden. Nils war sein bester Freund."

„Hm!"

„Auch er war jahrelang bei einer Psychologin in Behandlung. Er brauche keinen Freund, hatte er ihr erklärt, sein bester Freund sei Nils gewesen. Weißt du, die Beziehung zwischen Zwillingen ist eine ganz besondere."

„Das hab' ich schon gehört! Ich wollte dir ja einmal von den Zwillingsmädchen meiner Cousine Karin erzählen, die in der Schule die Lehrer austricksen."

„Ich weiß, das konnte ich damals nicht hören. Schon allein das Wort *Zwillinge* trieb mir Tränen in die Augen. Moritz hatte ja nicht bloß einen Bruder verloren, sondern seine zweite Hälfte."

„Ich kann das verstehen, wenn ich an die zwei kleinen Mädchen von Karin denke. Die können auch nicht ohne einander!"

Ein Jahr später

17

Die Reise nach Schweden

Während sie die schmalen Aluminiumstufen der ausgezogenen Gangway hinaufstapften, hielten sie sich aneinander fest. Doch eigentlich war es Anna, die sich an Jonas klammerte. Beide flogen das erste Mal.

Während Jonas begierig auf das neue Abenteuer brannte, hatte Anna ein etwas mulmiges Gefühl. Auch wenn es immer wieder hieß, das Flugzeug sei das sicherste Verkehrsmittel, dachte sie, dass immerhin die Möglichkeit bestand abzustürzen. Es war halt so, dass bei Flugzeugabstürzen gleich mit einem Schlag hundert bis dreihundert Menschenleben ausgelöscht wurden.

Aber als sie Jonas Vorfreude sah, die ansteckend wirkte, sagte sie sich, so viele Menschen nahmen jeden Tag das Flugzeug und kamen gesund wieder zurück. Dabei fragte sie sich, weshalb gerade sie nicht mehr heil zurückkommen sollte, hatte sie doch schon mit dem Verlust ihres Bruders – wie würde Jonas es ausdrücken? – ihr

Päckchen zu tragen. Sie stiegen in die Maschine der SAS, der skandinavischen Fluggesellschaft, und wurden von der Stewardess angewiesen, ihre Rucksäcke in dem aufklappbaren Fach über ihren Sitzen zu verstauen.

Als sie durch ihre kleine Luke auf das Flugfeld hinabblickten, entdeckten sie noch weitere Maschinen mit den drei kobaltblauen, leicht schräggestellten Buchstaben SAS der Fluglinie neben anderen Airlines, deren Namen ihnen nichts sagten, sowie zwei Maschinen der Austrian Airlines. Die Farbe des Aufdrucks am Flügel der Maschine erinnerte Anna wieder an jenes Kleid Annikas, das sie damals so irritiert hatte. Was hieß damals? Dieses wunderschöne Kleid ihrer Mutter, das sie vor allem zu festlichen Anlässen trug, irritierte sie auch heute noch.

Neben der Einladung ihrer Mutter zu Gunnars fünfzigsten Geburtstag – deshalb hatte Annika ihr auch das Flugticket bezahlt – war dieses Kleid und alles was damit zusammenhing, der tatsächliche Grund, warum sie nach Stockholm flogen. Das hatten Jonas und sie bereits vergangenen Sommer am Meer beschlossen.

Sie hatten viel vor. Sie wollten nicht nur Annika und ihren langjährigen Lebensgefährten besuchen und natürlich auch Moritz treffen sowie ihre

Tante Ina mit Familie, sondern mit ihnen auch an den Siljansee fahren, um Stig zu sehen, Åkes Bruder, und mit allen, die dazu noch Lust hatten, ein verspätetes Mittsommerfest am Wochenende in Dalarna miterleben. Aber das Aufregendste an ihrer Reise würde wohl sein, mit der Fähre hinaus in die Schären zu fahren zum alten Sommerhaus ihrer Großmutter. Sie wollte das Haus Jonas zeigen sowie das Birkenwäldchen und das Meer, wo sie als Kinder gespielt hatten, bis das Unglück geschehen war.

„Ach, Nils!", entfuhr es Anna. „Wo du jetzt wohl sein magst?"

Ob er mit seinen einundzwanzig Jahren so aussehen würde wie Moritz? Ob aus ihm auch so ein attraktiver Mann geworden wäre wie Moritz mit seinen wohlgeformten Muskeln? Ob er mit ihm in Malmö studiert hätte? Oder in Stockholm, näher bei Annika? Sie seufzte. Es brachte gar nichts, wehmütig zurückzuschauen und vage Hypothesen aufzustellen.

Jonas blickte sie von der Seite an und drückte ihre Hand. Sie wusste, dass sie erst Abschied nehmen konnte von Nils, sobald sie Blumen an den Felsen ins Wasser werfen würde, wo er vor vierzehn Jahren gestorben war, ihr Bruder. So viel Zeit war vergangen, dennoch sah sie ihn immer noch vor sich, wie die Brüder sich um den Ball gebalgt hatten, den der Wind schließlich übers Meer davongetragen hatte. Anstatt sich gegenseitig Schuld zuzuweisen, dass ihr Ball verloren war, griff Nils nach Moritz Hand. So standen sie beide nebeneinander am Strand und blickten aufs Meer, beobachteten miteinander, wie die Wellen den kleinen Ball ins Meer hinauszogen. Bald war er nur mehr ein Punkt, kaum auszunehmen im irisierenden Blau.

Als der Pilot beim Startvorgang die Maschine beschleunigte, hielt Anna die Luft an und klammerte sich an den Armstützen des Sitzes fest. Zum Glück war der gangseitige Platz leer. Doch bald war die Maschine in der Luft. Anna atmete erleichtert aus, löste ihre Hände und lachte. Ihre Ohren waren zugeschlagen. Sie gähnte mehrmals heftig.

„Siehst du, es geht ganz schnell, bis wir die Flughöhe erreicht haben!", hörte sie nun Jonas Stimme wieder ganz deutlich.

Sein Vater hatte zu seinem Flugticket etwas beigesteuert. Er hatte zwar betont, dass er selbst sich noch nie eine Flugreise geleistet hatte, sah jedoch ein, dass sein Sohn Annas Verwandte in Schweden kennenlernen wollte, vor allem Annas Mutter und ihren Bruder.

Sie blickten aus dem Fenster, als ihre Maschine die Wolken durchbrach. Wenn sie hinuntersahen, hatten sie das Gefühl, über weiße Watteflocken zu schweben. Neben ihnen leuchtete der Himmel azurblau.

Anna hatte sich in ihrem Sitz zurückgelehnt und genoss den Zustand der Schwerelosigkeit. Jonas sah ununterbrochen aus dem Fenster und beobachtete das sanfte Auf und Ab der Tragflächen.

Noch bevor sie dazukamen, ihre Lektüre aus ihren Rucksäcken zu holen, setzte die Maschine nach kaum zweieinhalb Stunden zum Landeanflug an. Jonas beobachtete aufmerksam, wie das Fahrgestell ausgefahren wurde, und mit einem sanften Ruck setzte das Flugzeug auf dem Boden Stockholms auf. Alle applaudierten, und Jonas und Anna schlossen sich den anderen Passagieren an. Schnell kam ein Fahrzeug, das sich im rechten Winkel zur Tür der Maschine aufstellte, und sofort wurde die zusammengefaltete Gangway ausgezogen und am Flugzeug befestigt.

Annika und Gunnar winkten schon, während sie über die Gangway hinunterstiegen. Als Annika Anna in die Arme schloss, brachen Mutter und Tochter in Tränen aus. Jonas wurde ganz verlegen, musste sich selbst vorstellen und fand schnell einen Gleichgesinnten in Gunnar, der recht gut Deutsch sprach. Das lernten hier alle als zweite Fremdsprache in der Schule, nach Englisch.

„Hej, hej!", begrüßten sie sich.

Inzwischen drehten ihre Koffer bereits die zweite Runde auf dem Gepäckband. Die meisten Passagiere – viele waren Geschäftsleute, was man an ihren schwarzen Aktenkoffern schnell erkannte – hatten die Ankunftshalle in Arlanda bereits verlassen und sich in alle Winde verstreut, warteten an der Bushaltestelle oder saßen bereits in einem Taxi stadteinwärts.

Jonas und Anna zogen ihre Koffer am Haltegurt und liefen mit Annika und Gunnar ein paar Minuten bis zum Parkplatz. Dort wartete Annikas grüner Volvo auf sie. Es war nicht mehr der rote, den Anna kannte, ihre Mutter hatte ihn gegen ein neueres Modell eingetauscht, aber der schwedischen Marke war sie treugeblieben.

Die vierzig Minuten bis in die Stadt vergingen im Handumdrehen. Anna erzählte von ihren letzten Prüfungen des Sommersemesters in Spanisch und Jonas gab stolz bekannt, dass er bereits an seiner Diplomarbeit schrieb. Annika erklärte ihnen, dass sie für eine Woche ihre Praxis zugesperrt hatte, damit sie Zeit hatte, möglichst viel mit ihnen zusammen zu unternehmen. Auch Gunnar hatte extra für sie Urlaub genommen.

„Ich möchte gern die Stadtrundfahrt mit dem Schiff durch die Schleuse machen!", erklärte Jonas. „Anna hat mir schon so viel von eurer tollen Stadt erzählt. Es muss spannend sein, wenn der Mälarsee sich in die Ostsee ergießt!"

„Es ist nicht direkt die Ostsee, es sind ihre Ausläufer, in die der Binnensee fließt", schaltete sich Gunnar ein.

„Ja, Anna hat das erzählt, schon voriges Jahr im Sommer. Ihr werdet es nicht glauben, unseren Nachbarn auf dem Campingplatz, nicht mir, sondern Berlinern! Erst dadurch habe ich von der Schleuse erfahren. Diese Berliner, wirklich nette Leute, wollen in diesem Jahr in den Schären campieren, mit vier kleinen Kindern."

„Oh!", entfuhr es Annika.

Aber Anna korrigierte ihren Freund:

„Nein, die werden dort kein Zelt aufbauen. Die kommen mit einem babygerechten Wohnmobil."

„Die erste Schleuse zwischen dem Binnensee – es ist übrigens der drittgrößte See Schwedens – und den Ostsee-Ausläufern wurde schon im Jahr 1642 gebaut, und zwar an der Schleusenanlage, die auch heute noch existiert, *Slussen*", erklärte ihm Gunnar.

„Auch schon so früh", staunte Jonas. „im gleichen Jahr, als der französische Mathematiker *Blaise Pascal* seine Rechenmaschine für seinen Vater erfunden hat."

„Ja, die Menschen waren früher nicht dümmer als wir, nur hatten sie damals noch nicht so viele Möglichkeiten", betonte Gunnar.

„Wie seid ihr überhaupt nach Wien-Schwechat auf den Flughafen gekommen? Wochentags arbeitet Hanns Leo ja", unterbrach Annika das Gespräch mit einer Zwischenfrage, ihre Reise betreffend.

„Hanns Leo hat uns mit seinem Auto nach Wien an den Flughafen gebracht. Er hatte sich freigenommen!", erwiderte Anna.

Gleichzeitig merkte sie selbst, dass sie hier in Schweden automatisch wieder den Vornamen ihres Vaters verwendete, sobald sie von ihm sprach.

„Diese Schleusenanlage, die Station der *Tunnelbana* heißt dort *Slussen*, also Schleuse, wird heute nur noch für Sportboote verwendet", setzte Gunnar seine Erklärungen fort.

„Und was ist mit den größeren Schiffen?"

„Diese benutzen die Schleuse bei *Södertälje*. Ich werde mit euch hinfahren, um sie dir zu zeigen, Jonas."

„Und *Slussen*?"

„Ja, die werde ich euch auch zeigen. Aber du wirst sehen, diese verschwindet fast unter dem Straßengewirr zwischen der Altstadt und *Södermalm*.“

„Ja, *Gamla stan*“, hatte sich Jonas gemerkt.

„Glaubst du nicht, dass es reicht, wenn wir eine Stadtrundfahrt mit dem Boot machen?“, fragte Annika.

„Naja, da merkt man doch nur den Stillstand des Schiffes, während die Schleuse ihre Funktion erfüllt, bis das Schiff langsam durch die Schleuse fährt, mehr nicht. Wenn sich Jonas so für das Technische interessiert, ist es für ihn sicher sehr spannend, das Geschehen auch einmal von außen zu beobachten!“

„Oh, ja!“, rief Jonas begeistert.

Annika und Gunnar waren entzückt von dem aufmerksamen, lernwilligen jungen Mann. Anna lächelte und legte eine Hand auf seinen Arm.

Anna und Jonas wurden in Annas altem Zimmer untergebracht, das sich kaum verändert hatte. Annika hoffte offenbar immer noch, dass sie irgendwann heimkommen würde, und Anna freute sich über die Wertschätzung Annikas, die zum Abendessen Krabbenbrötchen vorbereitete, die Anna so liebte.

Als Anna und Jonas in ihrem Zimmer waren, meinte Jonas:

„Die sind aber alle beide total lieb!"

„Ja, das waren sie immer, nur ..."

„Ich weiß doch, was du meinst!", flüsterte Jonas und umarmte sie zärtlich. „Das werden wir herausfinden, obwohl es heute völlig bedeutungslos ist!"

„Das ist es nicht! Für mich nicht!", beharrte Anna, fast ein wenig trotzig.

Ein sonnenklarer Tag weckte sie heute bereits zum zweiten Mal, denn um drei Uhr morgens hatte ihnen die Sonne direkt ins Gesicht gestrahlt, da sie vergessen hatten, die Vorhänge vor das Fenster zu ziehen. Es war der 3. Juli und die Sonne schien immer noch fast die ganze Nacht hindurch.

Ein veilchenblauer Himmel lag über dem Wasser, das sich in einer zarten Brise kräuselte. Sie waren alle zusammen mit der *Tunnelbana* zum *Stadshuset* gefahren, dem Stockholmer Rathaus, wo im Blauen Saal jedes Jahr am 10. Dezember, dem Todestag von Alfred Nobel, nach der Verleihung der Nobelpreise im Konzerthaus durch den schwedischen König, das Festbankett für die Preisträger stattfand.

Da der Saal des Stockholmer Wahrzeichens jedoch nicht wirklich blau war, staunten sie über den Goldenen Saal, der seinem Namen tatsächlich gerecht wurde.

„Auch als wir mit der Schule das *Stadshuset* besucht haben, war die ganze Klasse vom Blauen Saal enttäuscht", warf Anna ein.

Ein riesiges Mosaik aus unzähligen Glasplättchen mit Blattgold zeigte die sagenhafte Königin des Mälarsees als Beschützerin der Stadt, der die Welt zu Füßen lag.

Der Ratssaal, in dem das Stadtparlament tagte, bildete zu den beiden eleganten Sälen einen Kontrast mit seiner Holzkonstruktion an der Decke und den Wandmalereien, die die Stadtgeschichte nachzeichneten, über deren Szenen am blauen Himmel weiße Wolken segelten.

Jonas fragte sich, ob sie bei langweiligen Sitzungen die Abgeordneten des Stadtrats zum Träumen animierten.

Anna und Jonas erklommen den quadratischen hohen Turm des Backsteinbaus aus acht Millionen Ziegeln, der sie nach dem mühsamen Aufstieg – es waren so viele Stufen zu überwinden, wie das Jahr Tage hatte – mit einem spektakulären Blick auf das Wassersystem Stockholms und seinen regen Bootsverkehr belohnte. Außerdem bot er ihnen einen Rundumblick auf die nahe Altstadt *Gamla stan.*

Der mit zahlreichen Säulen umgebene Innenhof des Stockholmer Wahrzeichens, das auch zugleich Symbol der schwedischen Demokratie war, erinnerte sie an einen italienischen Renaissancepalast, wie sie schon einige in Venedig bewundert hatten.

Anschließend bummelten sie durch die mittelalterliche Altstadt mit ihren engen Gassen, in denen zumindest die Keller der Häuser tatsächlich noch aus dem Mittelalter stammten.

Annika machte Jonas aufmerksam auf die vielen buntbemalten Holzpferdchen in den Schaufenstern.

„Das sogenannte Dalapferd gehört zu unseren Bräuchen, es gilt als Glücksbringer und wird gerne bei verschiedenen Festen und Feierlichkeiten verschenkt. Diese Holzpferdchen sind wahre Kunstwerke, und jedes sieht anders aus."

„So eines möchte ich meinen Eltern als Souvenir mitbringen!"

Beim Betreten des kleinen Ladens, der nach Holz und frischer Farbe duftete, klingelte es an der Tür. Anna hob den Kopf und entdeckte über sich eine Art Mobile aus einem geflochtenen Kranz, an dem bunte Holzpferdchen hingen, dazwischen waren goldene Glöckchen in verschiedenen Größen angebracht, die beim Öffnen der Tür klingelten.

Nachdem sie eine Zeitlang dem Inhaber des Ladens beim Bemalen der Pferdchen zugesehen hatten, von dem jedes anders aussah, entschied sich Jonas:

„Ich nehme dieses hier", sagte er und deutete auf ein mittelgroßes rotes Pferdchen, überlegte eine Weile - und griff schließlich auf ein weiteres winzig-kleines, ebenfalls in Rot.

Als Gunnar seine Geldbörse herausziehen wollte, schob er energisch seine Hand beiseite.

„Aber nein! Das möchte ich meinen Eltern schenken. Das ist meine Sache!"

Schon auf der Straße wandte er sich an Anna, zog das winzige Pferdchen aus dem Papier und überreichte es ihr.

„Das ist für dich!"

„Wirklich?", freute sie sich, völlig überrascht, legte ihre beiden Handflächen auf seine Wangen und küsste ihn auf den Mund, mitten auf der Straße.

Anschließend brachte sie die *Tunnelbana* zurück zu Annikas und Gunnars Wohnung. Die vielen neuen Eindrücke und die frische Luft der Stadt am Wasser hatten sie müde gemacht.

„Hab' ich einen Kohldampf!", entschlüpfte Jonas, nachdem sie sich in ihr Zimmer zurückgezogen hatten.

Anna runzelte erst ratlos die Stirn, bis ihr wieder einfiel, was diese Wendung in Österreich bedeutete.

„Ja, ich auch!"

Sie eilte in die Küche, um beim Kochen zu helfen, aber Gunnar, der geschickt am Herd hantierte, schickte sie freundlich, aber bestimmt zurück. Er lächelte und sagte, er benötige wirklich keine Hilfe.

Er bereitete gebratenen Lachs mit Kartoffelgratin zu und schnitt gerade die Kartoffeln in dünne Scheiben, während Annika den Tisch festlich deckte. Anna staunte über die Mühe, die sie sich machte, indem sie die Stoffservietten fächerförmig faltete und das Silberbesteck herauslegte.

„So lass mich doch! Du warst drei lange, nein sogar vier Jahre nicht hier. Ich darf doch wohl meine Tochter ein bisschen verwöhnen!"

„Annika, die Fahrt mit dem Zug von Graz bis hierher ist langwierig und mühsam, obendrein teuer", entschuldigte sich Anna. „Außerdem habe ich bisher jeden Sommer als Au-Pair in Frankreich verbracht."

„Das weiß ich doch, Kind!"

221

Annika strich ihrer Tochter liebevoll über den Arm.

„Vielleicht kommt auch später Moritz noch vorbei!"

Anna freute sich auf ihren Bruder, obwohl, wenn sie an Moritz dachte – und sie dachte oft an ihn –, unweigerlich auch Nils vor ihren Augen auftauchte.

Nach dem Mittagessen läutete es an der Wohnungstür. Anna riss die Tür auf, wie früher. Moritz umarmte sie stürmisch, drückte sie so fest an sich, dass sie fast keine Luft mehr bekam.

„Meine kleine Schwester", sagte er liebevoll, obwohl Anna zwei Jahre älter war. Aber es stimmte schon, er war fast um zwei Köpfe größer als sie, fast ebenso groß wie Gunnar.

Auch ihn hatte sie seit vier Jahren nicht gesehen. Aus dem knackigen Jüngling war ein Mann geworden. Sein hellblondes Haar war ebenso nachgedunkelt wie Jonas Locken.

Moritz erzählte von seinem Studium in Malmö. Als Anna ihn fragte, ob es dort hübsche Mädchen gäbe, winkte er ab.

Nachdem sie ihm Jonas vorgestellt hatte, zog sie sich mit Moritz in sein Zimmer zurück, um mit ihm zu plaudern und Neuigkeiten auszutauschen. Über seinem Bett hing das Wasserfarben-

Aquarell von *Riddarholmen* mit den drei Türmen nahe am Wasser, das sie in der Schule gemalt hatte. Sie bewunderte das Bild andächtig, bis Moritz rief:

„Aber Anna, du bewunderst dein eigenes Bild?"

„Ja, ich habe so viele Szenen und Stimmungen gesehen, vor allem am Meer, die ich gern gemalt hätte, aber ich frage mich, ob ich das noch kann!"

„Natürlich kannst du das! Talente gehen doch nicht verloren! Du bist höchstens aus der Übung, wenn du jahrelang keinen Pinsel mehr in der Hand gehabt hast."

„Meinst du wirklich?"

„Ganz sicher kannst du das noch!"

Dann blickten beide auf das Bett, das im rechten Winkel zu Moritz Bett unter dem Fenster stand.

„Warum tut sie das nicht weg?", fragte Anna, indem sie auf Nils Bett deutete.

„Sie meint, man könne es so an mein Bett anlegen, damit daraus ein Doppelbett wird, falls ich es einmal brauche!", schmunzelte er.

„Und?"

Sie blickte ihn erwartungsvoll an.

„Ich brauche es nicht!", antwortete Moritz mit einem wehmütigen Blick auf das andere Bett im Zimmer.

„Ich werde ihr sagen, dass sie es wegräumt", meinte Anna.

„Nein", rief Moritz heftig, „es soll hierbleiben!"

Seine Stimme war ganz rau geworden.

Anna ging nahe zu ihm hin, legte eine Hand auf seine Schulter und flüsterte:

„Wir müssen abschließen, Moritz!"

Er sah sie erschrocken an.

„Ich kann das nicht!"

„Jonas und ich wollen zum Sommerhaus in die Schären hinausfahren. Ich möchte Blumen an der Stelle bei den Felsen ins Wasser hineinwerfen, wo es geschehen ist. Und eine Kerze anzünden."

„Ich weiß nicht, ob ich so viel Mut aufbringe wie du", erwiderte er.

„Doch, das tust du, Moritz! Du kommst mit uns!"

Mit Gunnar erlebten Anna und Jonas am nächsten Tag eine Stadtrundfahrt auf dem Wasser durch die Schleuse in *Södertälje*, einer kleinen Stadt südwestlich der Hauptstadt, die zur Region Stockholm gehörte.

Jonas beobachtete fasziniert von der Reling aus, wie die Schleuse arbeitete. Es dauerte eine Weile, bis die doch durchschnittlich achtzig Zentimeter, die der Mälarsee höher lag, überwunden waren, und ahnungslose Passagiere des Dampfers meinten, eine Panne oder ein Hindernis am Wasser bewirke das Warten des Bootes.

Danach wollte Anna die bunten skurrilen Figuren von *Niki de Saint-Phalle* und *Jean Tinguely* am Modernen Museum sehen. Der sechzehnteilige Skulpturenpark des Künstlerpaars zog sie schon immer an, da die Gestalten ganz und gar nicht der Physionomie von Menschen entsprachen, sie dennoch aber darstellten, und die Figuren von der Weltausstellung 1967 in Montreal erst auf abenteuerliche Weise nach Schweden gelangt waren.

Für einen Tag fuhren Anna und Jonas auf eine der Inseln hinaus, die einen Außenbezirk Stockholms bildeten, und besuchten Ina und Åke in ihrem Haus. Ina war Hanns Leos ältere Schwester, also Annas Tante. Ihre dunklen Haare und kaffeebraunen Augen erinnerten Anna an ihren Vater. Zwei ihrer Kinder waren ebenfalls dunkelhaarig, nur bei Bengt hatte sich das helle Haar seines Vaters durchgesetzt.

Die drei Kinder der beiden, ihre Cousins und ihre Cousine, Rolf, Bengt und Monika, waren alle ein paar Jahre älter als Anna, also auch längst erwachsen, und lebten ihr eigenes Leben. Bengt war mit seiner Partnerin nach Norwegen gezogen und Monika absolvierte zwei Auslandsjahre in Boston im Anschluss an ihr Wirtschaftsstudium in Uppsala. Ihr Cousin Rolf, der Älteste von ihnen, erwartete mit seiner Frau Lotta bereits das zweite Kind. Somit war Ina also schon Oma.

„Oh, schönen Dank! Das habe ich schon lange nicht mehr gehabt!", freute sich Ina, als sie die Flasche mit dem Kürbiskernöl von Anna entgegennahm, die Hanns Leo ihr mitgegeben hatte.

Anna musste von Hanns Leo erzählen. Ina bedauerte es sehr, dass er nach dem Unglück keine Partnerin mehr gefunden hatte.

„Jeder verdient eine zweite Chance im Leben", meinte sie.

„Er hat doch mich!", betonte Anna lächelnd.

Jetzt konnte auch endlich Jonas Frage beantwortet werden, warum auf der Spitze des Turms des *Stadshusets* gleich drei Kronen angebracht waren.

„Auch im Reichswappen sind diese drei Kronen. Der Turm des *Stadshusets* soll an das alte Schloss *Drei Kronen* erinnern, das einem Brand zum Opfer gefallen ist. Die drei Kronen weisen in die Richtung, wo das alte Schloss gestanden hat", wusste Ina, die nach ihrer Hochzeit von Åke darüber aufgeklärt worden war, da sie anfangs dieselben Fragen wie Jonas gestellt hatte.

„Ja, und warum hat das alte Schloss *Drei Kronen* geheißen, und warum sind auch im Reichswappen diese drei Kronen?"

„Mir kommt vor, du bist im Fragealter", wollte Anna den Redestrom ihres Freundes stoppen.

„Das ist nicht eindeutig geklärt", intervenierte Åke, „es bedeutet drei Königreiche. Aber auch andere Länder haben drei Kronen in ihrem Wappen."

„Hm! Das scheint kompliziert zu sein!"

„Ja!"

18

Am Siljansee

Mit Annikas Volvo fuhren sie zu fünft an den Siljansee, sogar Moritz hatte sich ihnen angeschlossen. Am Siljansee gingen die Mittsommerfeiern zur Sommersonnenwende noch den ganzen Juli hindurch, ja sogar bis in den August hinein weiter. Auch sollte gleichzeitig Gunnars runder Geburtstag mit Stig Franzon, Åkes Bruder, in Dalarna gefeiert werden, der schon seit Studienzeiten Gunnars bester Freund war.

Anna hatte ihr neues steirisches Dirndl im Gepäck, das Hanns Leo ihr noch kurz vor ihrer Abreise nach Schweden gekauft hatte. Es war bordeauxrot mit einer kirschroten Schürze. Dazu trug sie eine langärmelige, reichbestickte weiße Bluse mit Gummizug am Handgelenk sowie weiße gehäkelte Kniestrümpfe. Ihr Vater hatte darauf bestanden, dass sie eine langärmelige Bluse wählte, da es abends in Mittelschweden am Siljansee abkühlte. Das hatte er selbst dort schon erlebt.

Hanns Leo war stolz darauf, dass seine Tochter, die ja zur Hälfte Österreicherin war, mit einer österreichischen Tracht an diesen Feierlichkeiten in

Schweden teilnahm. Außerdem passte dieses steirische Dirndl auch besonders gut zu Jonas knackiger Kniebund-Lederhose aus schwarzem Wildleder und dem rotkarierten Hemd, dessen Kragen er mit einem schmalen schwarzen Samtband schloss.

„Hej, Hej!", ertönte der schwedische Gruß von allen Seiten, als sie nach einer gut vierstündigen Fahrt am Siljansee eintrafen.

Annika holte aus dem Kofferraum ihres Wagens einen Weidenkorb, prallgefüllt mit allerlei Köstlichkeiten.

Anna wusste nicht, wann Annika all diese Leckereien vorbereitet hatte. Der Sulz mit Pilzen und Eierschwammerln sowie der Kirschkuchen mit den Schokoladestreuseln lachten sie an.

Von überallher erklang Musik, alle Menschen schienen hier fröhlich zu sein, und sie hatte den Eindruck, die Feierlichkeiten in Dalarna gingen Tag und Nacht weiter, obwohl der Kalender doch schon den 7. Juli anzeigte und die Sommersonnenwende in diesem Jahr seit zweieinhalb Wochen Geschichte war.

Schnell zogen sich Anna und Jonas um und stürzten sich mit Moritz mitten in das bunte Getümmel, das jedes Wochenende aufs Neue begann, ohne dass den Menschen hier die

Feierlaune verging. Annika, Gunnar, Stig und seine Familie sollten nachkommen.

Historische Boote brachten frische Blumengirlanden und Blumenkränze sowie große geschmückte Herzen aus Blättern und Blumen über das Wasser, um den riesigen Maibaum in diesem Mittsommer zum zweiten Mal zu schmücken. Mit seinen vierundzwanzig Metern Höhe sollte er der größte von ganz Schweden sein. Allein sieben Traktorladungen mit Birkenreisig wurden benötigt, um ihn zu dekorieren, und das alle paar Wochen aufs Neue, rief ihr Astrid, Stigs älteste Tochter, zu, die ihre zwei kleinen blonden Mädchen an der Hand führte und darauf achtete, dass sie ihr nicht entwischten.

Ein Kran hievte die Girlanden und Blumenkränze hinauf, die mit bunten Bändern an dem dicken Baumstamm befestigt wurden, während gleichzeitig die alten grünen Schmuckelemente achtlos in einen Anhänger geworfen wurden. So eine Verschwendung, überlegte Anna. Aber als sie sich umsah, erkannte sie, dass hier alles rundherum grün war, grün, grüner, am grünsten.

Gleichzeitig mit dem neuerlichen Aufbau des Maibaums tanzten bereits junge Leute um ihn herum. Niemand schien zu befürchten, dass etwas herabfallen könnte.

Spielmänner in ihren grünen, roten und schwarzen Samtanzügen, bestehend aus Kniebundhose, weißem Hemd und Wams, boten ein imposantes Bild, während sie aufspielten.

Jonas, der Annas Hand hielt und mit glänzenden Augen das bunte Treiben verfolgte, konnte gar nicht so schnell schauen, als ihm auch schon Anna von einem großen jungen Schweden entrissen wurde. „Kom med mig!" hatte er ihr zugerufen, genau wie Annika Hanns Leo damals, vor fünfundzwanzig Jahren. Jonas blickte ihr verwirrt nach, beobachtete, wie er mit ihr die zwei Stufen auf den Tanzboden hinaufstieg und sie im Tanz wild herumwirbelte. Sie jedoch lachte, schien es zu genießen, und dass sie den traditionellen schwedischen Volkstanz kannte, war nicht zu übersehen.

Auch Jonas wollte gern tanzen, aber mit einem fremden schwedischen Mädchen? Dazu hatte er jetzt keine Zeit. Er musste Anna im Auge behalten. Leise keimte Eifersucht in ihm auf. Soeben erst hatte er erfahren, dass Annika und Gunnar ein Paar gewesen waren bis zu jenem Mittsommerfest vor fünfundzwanzig Jahren, als sie Hanns Leo kennengelernt hatte. Sollte sich die Geschichte nun wiederholen? Noch dazu hatte Anna hier einen Heimvorteil, es war ihr

Heimatland. Schade, dass er nicht daran gedacht hatte, Anna festzuhalten bei einem solch traditionellen Fest, bei dem sich Liebesbeziehungen anbahnten oder neu formierten ...

Blitzschnell schoss ihm der ungute Gedanke durch den Kopf, dass Anna ihm eigentlich nie gesagt hatte, was sie nach dem Studium machen wollte. Würde sie überhaupt in Österreich bleiben?

Jonas straffte seine Schultern und festen Schrittes ging er zielstrebig auf den Tanzboden zu, riss dem Schweden mit einem Schmäh auf den Lippen seine Anna aus dem Arm und drehte sie zur Musik herum, als ginge es um sein Leben. Er kannte den Tanz nicht, bewegte sich aber mit ihr im flotten Rhythmus der Akkordeon-Klänge, wieder mit einem Schmäh auf den Lippen, dessen Worte sie nicht verstand.

Sie ging auf ihn ein, lachte, dass der Holzboden bebte, und schmiegte sich bald darauf völlig erschöpft an ihn.

„Kom med mig!", flüsterte er ihr ins Ohr.

So viel Schwedisch hatte er inzwischen gelernt. Sie lachte aus vollem Hals, da sie sich wohl daran erinnerte, dass sie ihm erzählt hatte, dass Annika mit diesen Worten damals Hanns Leo erobert hatte, ihren Vater ...

Als es Abend wurde, die Sonne jedoch noch immer leuchtend hell am Himmel stand, lud sie Lars, Stigs ältester Sohn, ein auf sein Boot. Es war Stigs altes Segelboot, das er seinem Sohn überlassen hatte und auf dem einst Annika und Hanns Leo den Beginn ihre Liebe gefeiert hatten.

Sie glitten über den weiten See. Obwohl auch andere Boote unterwegs waren, die sanfte Brise für einen Segeltörn nutzten an diesem Mittsommer-Abend, war es hier viel ruhiger als auf der Wiese.

Anna stand mit Jonas und Moritz am Bug, während Annika, Gunnar und Stig auf einer Holzbank saßen und sich unterhielten. Lars setzte die Segel.

Nach einer Weile gesellte sich Gunnar zu den jungen Leuten. Jonas trat ein paar Schritte zurück, um Gunnar Platz zu machen. Sein Blick war wie zufällig auf die anderen gerichtet. Sonnenstrahlen tanzten auf ihren Gesichtern.

Plötzlich sah er es. Moritz und Gunnar, die nebeneinanderstanden, hatten das gleiche Profil. Den gleichen leichten Knick in der Nase, den man nur im Profil wahrnahm, die gleiche Rundung der Ohren mit den angewachsenen Ohrläppchen und auch den gleichen Haaransatz, nämlich bis tief hinunter zum Nacken.

Jonas war fassungslos. Das konnte doch nicht sein! Das würde bedeuten, dass Annika schon ein Jahr nach Annas Geburt Hanns Leo betrogen hatte. Deshalb verstand sich Moritz so gut mit Gunnar; er war sein Vater. Die Ungeheuerlichkeit seiner Gedanken wurde ihm erst bewusst, als ihm einfiel, dass er dann ja auch Nils Vater war.

Er durfte das Anna keinesfalls sagen, andernfalls wäre er der Böse. Wie beim Herrscher der Azteken Montezuma, der den Boten einer schlechten Nachricht ohne Umschweife töten ließ. Und auch im Mittelalter köpfte man bisweilen noch kurzerhand den Überbringer einer Hiobsbotschaft.

Was sollte er bloß tun? Sich so verhalten, als hätte er es nicht gesehen?

Ob Anna auch etwas ahnte? Er verzog sein Gesicht und seufzte, wobei er gar nicht bemerkte, dass er beobachtet wurde. Es war Annika, die immer wieder zu ihm hinblickte und schließlich blass wurde. Oder bildete er sich das alles nur ein?

Jonas begab sich zum Bug des Bootes und stellte sich neben Anna. Er legte einen Arm um ihre Schultern und fragte sie flüsternd:

„Hast du den jungen Mann eigentlich gekannt, der mit dir zum Tanzboden gegangen ist?"

„Ja, sicher! Das war Arvid, der jüngere Bruder von Lars. Er ist um zwei Jahre älter als ich, der Jüngste von Stigs Kindern."

Jonas war baff. Das hatte er nicht erwartet.

„Oh!", war alles, was er dazu sagen konnte.

Alle stießen mit *Aquavit* an und prosteten sich zu, kurz bevor die Sonne hinter dem Horizont verschwand: *Skål!*

Anna und Jonas durften mit Moritz und Lars im Boot übernachten, was Jonas sogleich als neues Abenteuer begrüßte.

Das Boot besaß zwei Kajüten für jeweils zwei Personen unter Deck sowie zwei Kojen oben, war passend für Stig und seine Familie mit den vier Kindern, die nun alle erwachsen waren. Jetzt hatten Jonas und Anna eine Kajüte für sich, eine weitere belegte Moritz, und Lars schlief in einer Koje oben.

Vor dem Einschlafen sagte Anna zu Jonas:

„Findest du nicht auch, dass sich Moritz und Gunnar sehr ähnlichsehen?"

Dabei gähnte sie.

Jonas fühlte sich wie vom Blitz getroffen. Er wusste nicht, was er sagen sollte. Die Frage klang völlig arglos, beinahe naiv. Dennoch schien sie noch immer nicht anzunehmen, dass diese frappierende Ähnlichkeit einen Grund haben musste.

„Ja, beide sind blond und haben blaue Augen. Da sie beide sehr groß sind, haben sie auch ungefähr die gleiche Statur", palaverte er und wusste im selben Augenblick, dass er mit dieser Aussage Allgemeinplätze bediente, Nonsens von sich gab.

„Ja, aber ...", murmelte Anna.

Die sanften Bewegungen des Bootes im Wasser lullten sie ein und unerwartet schnell ruhten sie in Morpheus' Armen.

Anna musste wohl nachts oder morgens, als er noch schlief, nachgedacht haben, denn der erste Satz, den sie formulierte, nachdem sie die Augen geöffnet hatte, sprudelte als Frage heraus:

„Wie sollen wir es angehen?"

„Was?"

Jonas wollte Zeit gewinnen, obwohl er genau wusste, worauf sie hinauswollte.

„Dass wir sie fragen, ob sie und Gunnar ..."

Jonas reagierte eher verhalten und vorsichtig:

„Es würde die gute Stimmung trüben, die zwischen uns herrscht. Ich fühle mich hier in Schweden bei deiner Familie so wohl, so angenommen ... Hast du überhaupt gewusst, dass Annika und Gunnar ein Paar waren, bevor Hanns Leo ... Nein, das hast du nicht gewusst!"

„Was?", rief Anna, so laut, dass Jonas seine Hand auf ihren Mund legte. Es musste doch nicht sofort das ganze Boot aufgeklärt werden.

Erschrocken sah sie ihn an.

„Lars hat es mir gesagt. Bis zu jenem Mittsommerfest zur Sommersonnenwende in den Schären rund um das Sommerhaus deiner Großmutter, an dem Annika Hanns Leo kennengelernt hat, waren Gunnar und sie ein Paar. Sie hatten schon mehrere Jahre lang eine Liebesbeziehung. Als Annika noch Schülerin war, hatten sie sich kennengelernt. Gunnar studierte bereits."

„Nein!"

Ihr entsetzter Schrei hallte durch das ganze Boot. Erst dann verschloss sie mit den Fingern ihre Lippen. „Dann war es ja eigentlich Hanns Leo, der der Eindringling war. Er hat meine Mutter Gunnar ausgespannt? Das kann ich jetzt nicht glauben! Er ist doch eher introvertiert."

„Nein, es war umgekehrt, so wie ich es verstanden habe!"

„Wie meinst du das?", fragte Anna, völlig ratlos.

Ach ja! Sie hatte bereits wie eine Österreicherin zu denken begonnen ... Sie musste Jonas wohl darüber aufklären, dass in Schweden jeweils die Frauen den ersten Schritt machten, wenn es in Richtung Flirten oder Beziehung ging, nicht die

Männer, die sich eher kühl und distanziert im Hintergrund hielten.

„Naja, Annika hatte Hanns Leo im Getümmel des Festes entdeckt. Sie ist auf ihn zugegangen. Das Fremde, Neue hatte sie angezogen. Er musste ja wirklich herausgestochen haben unter all den hellhäutigen und helläugigen Schweden. Er war wohl so ganz anders als ihre offenen Landsleute, die sie kannte. Zuerst einmal war er dunkel, also dunkles Haar, Augen wie Kohle. Er musste auf die blonde Annika beinahe exotisch gewirkt haben. Zudem war er so ruhig, ja introvertiert eben, wie du sagst!"

„Aber in Schweden ist es doch normal, musst du wissen, dass zuerst die Frauen auf die Männer zugehen, wenn sie ihnen gefallen, nicht umge-kehrt. Somit war es gar nicht Hanns Leo, der in die Beziehung der beiden eingedrungen ist. Das hatte Annika allein entschieden!"

Anna, noch die Worte *mehrere Jahre lang eine Liebesbeziehung* im Ohr, konnte nicht fassen, was Jonas sich da zusammengereimt hatte von wegen dunkel oder hell. Das Aussehen spielte doch überhaupt keine Rolle. Ihr Herz pochte auf-geregt, als sie sprach:

„Du meinst, dann brauche ich also gar nicht zu fragen, ob es damals, an dem Tag des Unglücks, wieder angefangen hatte zwischen den beiden beziehungsweise ob sie da schon wieder etwas miteinander hatten?"

Sie verzog missmutig den Mund.

„Doch! Aber vielleicht hatte es schon viel früher wieder angefangen?", spielte Jonas laut mit seinen Mutmaßungen.

Er wollte keine schlafenden Hunde wecken und schon gar nicht böses Blut erzeugen. Seinen haarsträubenden Verdacht nicht aussprechen, sie aber auf die vielleicht richtige Spur führen ...

„Was willst du damit sagen?", fragte Anna arglos.

Jonas wand sich, wählte seine Worte mit Bedacht:

„Ich glaube, es ist anfangs so, dass sich oft Gegensätze anziehen. Aber nach einiger Zeit findet man vermutlich heraus, dass es doch das Gemeinsame ist, das verbindet. Annika ist ja sehr extrovertiert."

„Hanns Leo und Annika hatten sich an jenem Mittsommerfest ineinander verliebt. Sie mochte seine besonnene Art, und er liebte ihre fröhliche Unbeschwertheit, ihr Lachen", argumentierte sie beharrlich.

„Sie hat ihn immerhin geheiratet", fügte sie fast trotzig hinzu.

„Ja, aber dein Vater war oft geschäftlich unterwegs und deine Mutter vielleicht einsam. Ich könnte mir vorstellen, dass Annika mit ihrer lustigen, aufgeschlossenen Art auch während seiner Abwesenheit einfach Spaß haben wollte", bewegte er sich nun auf dünnem Eis.

„Spaß?"

Jonas spürte, dass er sich fast zu weit vorgewagt hatte. Er strich sich mit den Fingern über die erhitzten Wangen und wusste, er durfte keinesfalls die große Ähnlichkeit zwischen Moritz und Gunnar ansprechen.

„Das alles sind bloß Hypothesen!", beruhigte er sie.

„Naja, Gunnar war all die Jahre wie ein Vater für Moritz."

Jonas blickte sie mit großen Augen an und überlegte, ob nicht anderen auch die Ähnlichkeit der beiden aufgefallen war. Sollte er Stig fragen, Gunnars Freund? Aber nein, das ging ihn nichts an. Auch wollte er Anna mit seinen Vermutungen nicht verletzen. Und Annika würde ihn dafür hassen, wenn sie erführe, dass er ihre Tochter erst auf die Idee gebracht hatte, nachzuforschen. Er war vollkommen ratlos. Jetzt war das Leben, das in Stockholm so unbeschwert und fröhlich für ihn begonnen hatte, wieder kompliziert geworden.

In Annas Kopf ratterte es. Obwohl sie wegschieben wollte, was Jonas gesagt hatte, kam sie nicht von ihrem Gespräch los.

Was hatte Jonas mit *viel früher wieder angefangen* gemeint? Sie hatte Gunnar Larson nicht oft bei sich zu Hause gesehen, bevor sie neun Jahre alt und ihr Vater verschwunden war, und im Sommerhaus schon gar nicht. Es war das erste Mal, dass er da war an jenem Tag ...

Sie musste endlich die Wahrheit herausfinden.

Auf der Geburtstagsfeier von Gunnar erkannte sie erst, was für ein reizender Mensch er war, der Partner ihrer Mutter. Er umarmte sie genauso herzlich wie Moritz, als sie ihm gratulierte, drückte sie an sich und sagte liebevoll „meine Große". Auch ihr war er fast zehn Jahre lang ein Vater gewesen, wenn sie auch immer an Hanns Leo gedacht hatte, den sie viel zu selten sah. Die Entfernung zwischen Graz und Stockholm hinderte ihn daran, seine Kinder regelmäßig zu besuchen.

Sie saßen im gemütlichen Wohnzimmer von Stig und Liv rund um den ausladenden Esstisch versammelt. Zufrieden und satt erzählten sie allerlei Anekdoten aus ihrem Leben.

Die hellen Möbel in Weiß und Beige sowie die luftigen Dekorationen des Raums, seien es eine

Vase mit zarten getrockneten Ähren oder die durcheinandergewürfelten Kissen in Pastelltönen auf dem cremeweißen Sofa, gaben dem Zimmer eine Leichtigkeit und fröhliche Unbekümmertheit, die sich auch in den Gesichtern der Menschen widerspiegelten, die hier wohnten, wie man sie aber selten in Annas zweiter Heimat fand.

Als Annika mit einem Mal lachte, nachdem Stig etwas Lustiges gesagt hatte, packte Anna die Gelegenheit beim Schopf und fragte sie frei heraus:

„Annika, wer hat das hübsche Foto von dir gemacht, das du mir mit dem schönen Rahmen geschenkt hast? Du lachst darauf so verführerisch!"

„Das Foto in dem silbernen Rahmen?"

„Ja, auf dem ein Träger deines Kleides dir über die Schulter gerutscht ist."

„Das war der Fotograf an der *Tunnelbana-Station* in *Slussen*."

„Wirklich? Der versteht sein Handwerk!"

Also weder Hanns Leo noch Gunnar, notierte Anna für sich in Gedanken.

Und dann, sie wusste nicht, was sie da geritten hatte, entschlüpfte die Frage ihren Lippen:

„Wann habt ihr beide euch eigentlich kennengelernt?"

„Das ist lange her", sagte Gunnar. „Annika war fünfzehn, als sie mit ihrer Klasse im *Moderna*

Museet war und mir bereits schöne Augen machte, während ich half, die Beleuchtung für die Bilder richtig einzustellen. Ich war zwanzig Jahre alt und jobbte für mein Studium, stand gerade auf der Leiter, als sie mich die ganze Zeit anblinzelte und ihre langen blonden Zöpfe über ihre Schultern schweifen ließ, sodass sie einmal links und einmal rechts hervorlugten und ich nicht umhin konnte, ihr langes dichtes Haar zu bewundern. Und als die Klasse mit ihrer Lehrkraft in den nächsten Raum weiterwanderte, ist sie einfach dageblieben, meinte, sie müsse meine Leiter festhalten, damit ich nicht umstürzte."

„Das ist wirklich lange her", sagte Jonas. „Wie lange seid ihr denn zusammen gewesen, bevor sie Hanns Leo geheiratet hat?"

„Ja, bis zu ihrer Heirat, fünf Jahre lang."

„Warum hast eigentlich du sie nicht geheiratet, Gunnar?", fragte er unverblümt.

„Sie wollte noch nicht so jung heiraten."

Alles lachte, denn jeder wusste, dass sie mit knapp zwanzig schon Hanns Leo geheiratet hatte.

„Ja, wenn es der Richtige ist …", warf Anna ein wenig provozierend ein.

„Der Richtige?", fragte Gunnar und legte einen Arm um Annikas Schultern, zog sie an sich und küsste sie auf die Wange.

Anna war das peinlich, ihre Mutter verhielt sich wie ein junges Mädchen.

„Und danach?", setzte sie fort, wobei sie die beiden nicht aus den Augen ließ.

„Wie und wann seid ihr wieder zusammengekommen?", wollte jetzt Moritz wissen, nachdem Stigs Familie sich zurückgezogen hatte. Nur er selbst saß noch im Wohnzimmer neben seinem Freund auf dem Sofa. Mit einem Mal begann er eifrig konzentriert die Kissen neu anzuordnen. Er fragte:

„Will noch jemand etwas trinken?"

Doch alle ignorierten seine Frage und lauschten gebannt auf Gunnars Antwort.

So stand er auf und entfernte sich, kam aber bald wieder zurück mit einem Tablett, auf dem verschiedene Flaschen arrangiert waren.

„Das ist ziemlich kompliziert", begann Gunnar. Es ist immer wieder hin- und hergegangen. Ihr dürft nicht vergessen, Annika war ja verheiratet. Auch ich habe mich gut mit Hanns Leo verstanden, sehr gut sogar. Nur war er halt beruflich oft fort, und das war gar nicht gut für Annika. Sie war nicht gern allein, hat mich immer angerufen, wenn Hanns Leo Geschäftstermine hatte."

„Hin und her?", entfuhr es Moritz.

Gunnar seufzte.

Das Tablett mit den Flaschen stand immer noch unberührt auf dem niedrigen Glastisch.

„Ich wollte aber nicht Lückenbüßer sein, auch keinesfalls in die Ehe der beiden eindringen!"

„Aha!", entfuhr es Moritz.

„Als die beiden heirateten, war ich wie vor den Kopf gestoßen!"

Annas Augen fixierten ihn.

„Du warst ja damals im Sommerhaus, als das Unglück passiert ist, hast die Seerettung und den Notarzt gerufen!"

Ihre Worte klangen wie ein Lob.

„Auch damals hat mich Annika angerufen", erklärte Gunnar ganz ruhig. „Sie war ziemlich verzweifelt."

„Ja, aber sie sagte doch, sie hätte zwei Privatpatienten zur Therapie an diesem Vormittag. Deshalb hat niemand auf uns aufgepasst!"

Annika war blass geworden. Nervös knetete sie ihre Hände, die in ihrem Schoß lagen.

„Das weiß ich! Aber es ist etwas geschehen, das alles verändert hat. Niemand wusste, was da auf uns zukommen sollte, noch vor dem schrecklichen Unglück."

Anna, Moritz und Jonas erschraken. Annika hatte die linke Hand auf ihr Herz gelegt, sie atmete schwer und schaffte es nicht, ihren Kindern ins Gesicht zu sehen. Gunnar war der Einzige, der sachlich blieb. Es schien beinahe so, als hätte er sich auf dieses Gespräch vorbereitet. Er strich sich mit der rechten Hand sein blondes Haar zurück, das ihm über die Stirn gefallen war.

„Das werden wir euch im Sommerhaus erzählen, direkt am Ort des Geschehens. Wir werden alle zusammen hinfahren. Das Haus kann doch nichts dafür ...", erklärte ihnen Gunnar entschlossen.

19

Das Sommerhaus in den Schären

Das tiefblaue Meer glitzerte da und dort an der Oberfläche, als sie vormittags mit der Fähre aus Stockholm ankamen.

Jonas staunte über die Bilderbuchkulisse mit den vielen bunten, vor allem roten Holzhäusern. Manche hockten auf einem Felsen, direkt am Wasser, hingefläzt wie ein Frosch vor dem Absprung, sahen aus, als würden sie bei der nächsten Welle ins Meer rutschen. Andere standen hinter einem Wäldchen verborgen, eingebettet in Grün und umgeben von bunten Blumen. Emmas Sommerhaus, das jetzt Annika gehörte, lag verlassen hinter einem dichten grünen Vorhang aus Kiefern und Birken.

Anna fand, es sah fast ebenso aus wie vor vierzehn Jahren, auch wenn die Winterstürme einzelne Dachschindeln gelockert und auf der Wiese verstreut hatten. Der Blitzableiter hatte sich neben der Dachrinne in Bodenhöhe aus der Verankerung gelöst.

Die Tür gab ein Grunzen von sich, als Annika sie öffnete. Ein Geruch von Staub und Holz strömte ihnen entgegen, verflüchtigte sich aber schnell wieder, sobald sie im Salon alle Fenster geöffnet hatten.

Das war also ihr Zuhause jeden Sommer zehn Wochen lang in den Ferien, der Ort, wo Anna schwimmen gelernt hatte, aber auch jener, wo das Unglück geschehen war. Jonas blickte auf die Spalte zwischen den Baumstämmen, durch die es blau schimmerte. Das Meer. Er wollte mit Anna hinuntergehen, aber sie zog ihn ins Haus, die Stiege hinauf, bis sie unter dem Giebel ihr Zimmer betraten. Dort drückte sie sich an ihn und umarmte ihn.

„Halt mich fest!", forderte sie zitternd.

Erst da begriff er, dass es für Anna – und vermutlich auch die anderen – nicht pure Freude war, nach so vielen Jahren wieder hierher zurückzukehren. Immerhin hatten sie alle das Sommerhaus vierzehn Jahre lang gemieden. So eine Vergeudung, fand Jonas.

Gunnar und Annika richteten eine Kleinigkeit zum Mittagessen, aber niemand von der Familie brachte einen Bissen hinunter. Jonas war es fast peinlich, dass er die Fischbrötchen mit so großem Appetit verzehrte, obwohl er versuchte, sich zurückzuhalten. Jeder wollte so schnell wie möglich hinaus aufs Meer, zu den Felsen, endlich Abschied nehmen von Nils. Damit es vorbei war.

Sie hatten einen kleinen Kranz aus Weidenruten geflochten und mit unzähligen Birkenblättern geschmückt, ähnlich dem, wie er beim Mittsommerfest zur Sommersonnenwende mit dem Kran auf den Maibaum hinaufgezogen wurde, nur viel kleiner. Jeder, der wollte, durfte eine Blume hineinstecken. Keine Frage, alle wollten sie.

Sie pflückten bunte Blumen, auch Jonas fand ein hellrosa Moosglöckchen am Rande der Wiese und flocht es vorsichtig zwischen die Birkenblätter. Anna spürte, wie sich Aufregung in ihr breitmachte. Gunnar schob eine kleine gelbe Rose hinein. Keiner wusste, wo er sie plötzlich hernahm.

In Badekleidung, den Oberkörper mit einem T-Shirt bedeckt, wateten sie durch das Wasser. Anna hielt Moritz Hand, Jonas ging an ihrer anderen Seite. Erst die letzten Meter schwammen sie zu den Felsen.

Anna schob eine Haarsträhne weg, die ihr der Wind ins Gesicht geblasen hatte. Annika, Nils Mutter, trug den Kranz um den Hals, damit er nicht zerstört wurde. Sie hielt die Lippen fest zusammengepresst und fixierte die Stelle vor sich, bemühte sich, nicht hinunterzuschauen.

Dann legten sie ihn behutsam auf den Felsen, an dem Nils gestorben war, und warteten, bis die Wellen ihn entdeckt hatten, erst zart berührten und dann allmählich forttrugen, in die endlose Weite des Ozeans.

Alle schwiegen. Was Anna und Moritz zu ihrem Bruder sagten, wussten nur sie selbst. Auch Annika und Gunnar hielten stille Zwiesprache mit dem verlorenen Kind, während Tränen ihren Blick verschleierten.

Als sie zurückkamen, stellten sie Teelichter in die Papierschiffchen, die Moritz und Jonas gebastelt hatten, und ließen sie hinaus aufs Meer.

Sie sahen ihnen lange nach und meinten noch nach Stunden, ein Leuchten wahrzunehmen.

„Vielleicht erinnert ihr euch noch", fing Gunnar an, als alle im Wohnzimmer rund um den kleinen Glastisch saßen. „Nils hatte damals eine Verletzung am Rücken. Bloß eine Abschürfung, da er bei einem Felsen vorbeigeschrammt war. Aber sie verheilte nicht richtig, begann immer wieder zu nässen. Na gut, er ist trotz allem ins Wasser gegangen, anstatt abzuwarten, bis die Wunde trocken war. Deshalb ist Hanns Leo mit ihm ins Krankenhaus gefahren, um das abzuklären. Sie nahmen ihm Blut ab und stellten fest, dass sich Bakterien im Blut angesiedelt hatten. Nichts Schlimmes! Er bekam irgendwelche Tabletten, und bald war die Wunde verheilt."

„Antibiotika!", schaltete sich Annika nun ein.

„Aber eine Woche später kam der Anruf", setzte Gunnar fort, „an jenem Tag hier im Sommerhaus."

Zwei Paar Augen waren auf ihn gerichtet, Annika senkte den Blick.

Anna spürte eine Vorahnung in sich aufsteigen wie das ferne Pfeifen eines Zuges, der näherkam. Die aufgeladene Atmosphäre im Haus erregte sie, sie griff nach Jonas Hand, der ihre Finger umschloss.

„Nun ja", fuhr Gunnar jetzt fort, während er sich räusperte, „seine Blutgruppe, wurde festgestellt, schloss Hanns Leo als Vater aus!"

Die Bombe war geplatzt.

Anna riss ihre Augen weit auf.

Moritz war der Erste, der sich wieder gefangen hatte.

„Dann bist du unser Vater?", stellte er beinahe sachlich fest.

Gunnar nickte.

„Es war nur ein einziges... wir wussten sofort, dass es ein Fehler war. Das müsst ihr mir glauben. Ich wollte das nicht ..."

Nach einer Weile, die endlos erschien:

„Deshalb hab' ich mich schon immer zu dir hingezogen gefühlt. Schon als ich noch ganz klein war", sagte Moritz zu seinem Vater, stand auf und klopfte dem Mann auf die Schultern, dem er so ähnlichsah.

„Das freut mich wirklich, Gunnar!", fügte er hinzu.

„Und Hanns Leo?", rief Annika bestürzt.

„Er hat uns verlassen, da war ich noch klein."

„Er hat *mich* verlassen, nicht euch Kinder!", merkte seine Mutter an.

„Aber es lief auf dasselbe hinaus ... Du musst dir vorstellen, ich habe an einem einzigen Tag sowohl meinen Bruder als auch meinen Vater verloren!"

Über Annikas Gesicht liefen Tränen, als sie sprach:

„Wir hätten euch das schon längst sagen müssen, aber der Verlust von Nils hat damals alles überschattet, so dass es keine Rolle mehr gespielt hat, wer wessen Vater war!"

„Und Hanns Leo?", fragte Anna ahnungsvoll. Sie hielt noch die Pinsel und den alten Malkasten in der Hand, die sie vorhin aus einer Schublade herausgekramt hatte.

„Er ist am selben Tag noch gegangen, obwohl er euch Buben immer genauso geliebt hat wie Anna", wandte sie sich an Moritz. „Er konnte mit dem Verrat nicht leben."

Im Text erwähnte berühmte Persönlichkeiten

Heinrich Heine: (1797-1856) Deutscher Dichter

Adalbert Stifter: (1805-1868)
Österreichischer Schriftsteller und Maler

Jean-Paul Sartre: (1905-1980)
Französischer Schriftsteller und Philosoph

Simone de Beauvoir: (1908-1986)
Französische Schriftstellerin und Philosophin
(*Das andere Geschlecht*)

George Bernard Shaw: (1856-1950)
Irischer Dramatiker

Boris Pasternak: (1890-1960)
Russischer Schriftsteller (*Doktor Schiwago*)

Blaise Pascal: (1623-1662)
Französischer Mathematiker und Physiker

Niki de Saint-Phalle: (1930-2002)
Französisch-schweizerische Malerin und Bildhaue
rin („*Nanas*")
Jean Tinguely: (1925-1991)

Schweizer Maler und Bildhauer
Künstlerpaar